殷培基 著

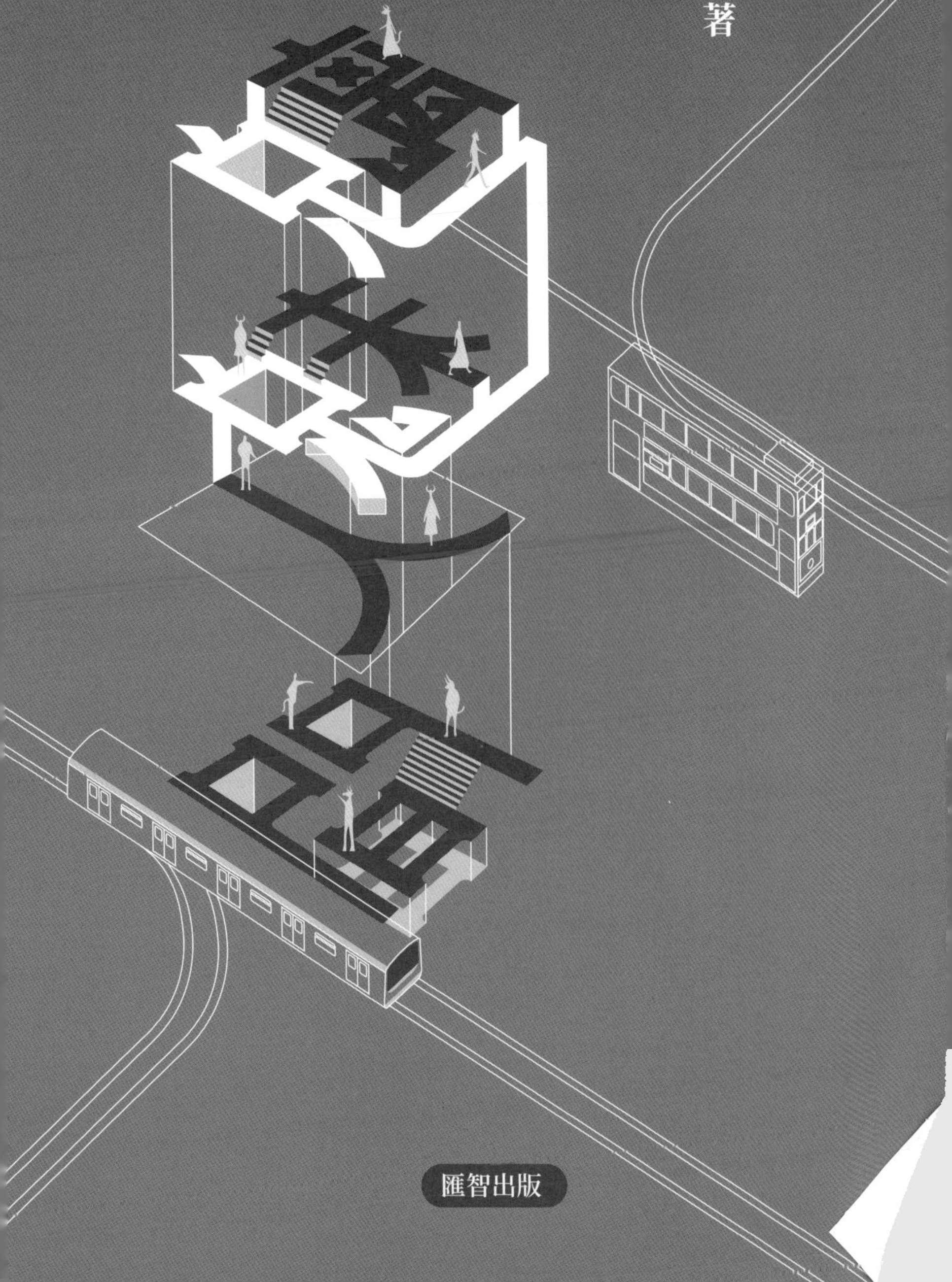

匯智出版

序一

約制的逃亡
——《魑魅人間》裏的異化、寓言化、妖魔化

吳美筠

被放逐的拼圖

閱讀《魑魅人間》短篇小説集初稿後，我發現了不再也不止於「爆籃」的「殷培基」，熱血男兒內裏的爆炸力來自一份義怒，蘊藏着一份對錯亂人間的控訴。

與殷培基交往不多，為推動關注校園欺凌，出版小説集《You Are Not Alone》，一開始就想起他，向他邀稿。培基傳來〈放逐〉，心忖，難不成又一篇「爆籃」？表面上這是關於校園以強凌弱、學生也會欺凌老師的故事，強勢不一定戰勝，被看扁的也會突圍而出；表面上，身經百戰的皇牌隊長欺侮身材矮

小、球技稍遜的隊友，實際上他是睥睨不懂打籃球的老師霸佔教練之位而發動抗議的正義朋友；表面上帶出隊長與教練和隊友冰釋前嫌的大團圓結局，實際上更具深層的意象——那被廢而殘存的破舊場地「蒸籠」——這又焗又熱、象徵校隊輝煌的過去、卻又被遺忘和摒棄的球場，令「廢物」練就出戰勝的身手，看來，它才是被〈放逐〉的個體。「蒸籠」，最觸動我——被廢棄遺忘的初衷。

收到這稿後，我曾輕輕提過，期待更多面向的「殷培基」（阻止快要變成一種美學疲勞的「爆籃」生產，粉絲一定要追殺我，抱歉文學從來不是為討飯吃或討好人而生）。作者馬上給我看〈那天，我在港鐵站迷路〉。從事多年文學教育的老師，以第一身的角度書寫文憑試放榜的學生面對只得三分的挫敗：眾所周知，香港學生最大的折磨並非來自分數或成績單，而是喜歡把子女與別人「物競」，卻不懂關注兒女意願、接納下一代取向的父母，家庭糾葛對下一代心靈的障礙比公開試更洪水猛獸。小說主角最後在天天出入的地鐵站找不到出口，所在之處消失了回頭路，困在重複來回的「死位」上，「有落無上」，象徵現實的夢魘，大可不必說破。小說關鍵的意象是「我」本來熱愛的拼圖，也像「我」平日出入的各地鐵出口，標示不同類型的學校，都拼湊不出意願的完成，人生始終缺角。這篇小說讓我不期然想起文憑試的中國文學科也曾出現過「拼圖」這創作題目。在不斷遭受扭曲的香港，一試定生死製造很多像小說中喪失所有追求意志、在社會迷失的「一塊拼圖」。

讀過這兩篇，我擔心這樣寫下去，文學老師走不出校園。收到《魑魅人間》大字版的初稿，我刮目而釋懷，也為培基鋌走這條窄路而上下求索增生期望。城市，無日無之的荒誕與人間的散離，加上抗疫困窘與乏力，無論如何掙扎求存都似是徒然。當人們往日常中的衣食行止裏鑽探小確幸時，作者大膽的虛幻佈置，放在真實的香港人性和情境，手法上雖可以說似曾相識，但敍述摻雜異化、寓言化、妖魔化的情節，置身我城的殘酷，如直面魑魅魍魎，無可迴避，而作者也翻揭新一頁可塑而未可知的書寫路向。

動物化與異化

很多港人自小被成績、長大被薪金、職場銜頭所定義而甘之若飴，個體在功利的現實無法找到有意義的工作，所以大多失去追求主體自由的意志，一生為工作而存活，大是大非前也變得乏力面對和抵禦。這部小說的主角都是被世界所追逐的價值排斥和遺棄的小人物。〈變鳥〉中的「我」與在港鐵迷路的「我」同樣是低分的「放逐」者，墮跌在失卻自由的迷思裏，放走籠中唯一與「我」說話的相思鳥後，幻想自己長出會飛的羽翼，跳上欄杆一躍而亡。讀這篇小說時我想起卡夫卡的《變形記》，主角從睡夢醒來發現自己變成甲蟲，論者認為這卡夫卡所說的「表現夢境般的內心生活」、開啟奇幻荒誕的現實主義的手法，正好適合處理人類面對異化、疏離、無法控制主體命運的狀態。然而，〈變鳥〉的主角則在幻覺中化成動物，小說的基調仍然是現實主義。因為在我們這世代，現實比小說的世界更荒誕，很多乖謬、異於尋常的事情一一在現實都發生了，現實已是夠魔幻的了。

〈變鳥〉的敘述中人物彷彿患上精神病，與鳥兒同樣變成街角的斷骨殘羽。人異化成動物，動物性與人性互換，以為是出路嗎？從籠中放飛的鳥一般象徵自由、釋放，小說裏人化身成鳥仍然死路一條，這是何等荒謬和絕望。我認為小說的結局處理手法不單是以悲劇來對社會進行控訴，如果死亡是相對現實的對峙，死亡便不一定意味存在的徹底終結，而是對現實的扭曲和荒謬一種徹底的抵抗，象徵抗拒對他者消失視而不見。失去人身自由的相思鳥連山林鬼怪魑魅也說不上，反之，把牠們困住的一切才是作者眼中的魑魅。

最近讀韓裔德國新銳哲學家韓炳哲的《他者的消失》，論到網絡點讚的世界，「將陌生與茫然失所之否定性隔絕在外」，強烈的同質化使「為異己存在的他者也一併消失」。[1] 他者之所以消失，並不是止於因為人類異化，而是人類甘心自我剝削，在虛假的自我實現，隱藏在虛偽的自由背後。所謂自我完善，其

1 韓炳哲原著，吳瓊譯：《他者的消失》（香港：中和出版，二〇二一年），頁六十三。

實在否決世間一切異別的可貴，消弭任何對抗荒謬現實的方式。主角幻想自身是鳥，以為與異己同質化，或曰：改善了就可以得到自由，但仍然走不出把身體複製成「功能主體」的命運，結果不知不覺、慢慢的，從人性裏的動物性擴張而異化，最終仍解決不了「無法被世界定義」的桎梏。正如〈一宗生意的抉擇〉裏的「我」，毫無意義地在職場遊蕩，打一份與自我價值無關的枯燥文職，同樣是摸不清前路的「迷路」者，沒有前景，除非願意陪老闆過境去鄰國，在華麗廂房拉攏大靠山，吃「大茶飯」，或者跟同事狼狽為奸，出賣老闆和公司。「我」目睹他們顯露鱷魚、蟒蛇、灰狼的人獸並生，並不顯得「我」置身事外。他在那奇幻的三百米堵車的失聯地帶，其實已不知不覺「被」過關，被動地參與了這場大鱷與狐狼爾虞我詐的混戰，進入動物化以致異化的關卜內。讀者也不難推斷鄰國所指，但最不堪的，是「我」在沒有抉擇的抉擇下喪失了人生而不自覺。

妖魔是人也不是人

書中更有作品跨越上述以現實主義為基調的寫法，出現從不現身的浮靈妖魔。〈電話錄音殺人事件〉表面上是偵探懸疑小說，其實也是靈異小說；當中死者有妓女、銀行小職員，甚至查案的小幹探，兇手從來沒有現身，只用一通莫名其妙的來電索命。看似靈異作怪，人「被」消失，實質劍指被打壓的階級失去自主的自由，猶如被謀殺。他們彷彿被命運擺弄，在社會中找不到展現自己的工作，沒有自我認同感，縱是人，在別人或家人眼中卻不像樣不似人。而匿藏於背後的神秘力量似魔像妖，無人辨識。殺人狂魔彷佛在嘲弄人只以賺到的金錢數額來衡量價值的可怖。這篇是作者大學時期的早慧作品，已為作者奠定文學語言的作風，只是所關注的母題要延到今天才完整在這本書內。

執筆之際，香港鬧着可能要封城禁足來全民檢測，沸沸揚揚。大家都對現況失望，解決生存問題需要花了全身的力氣，為他者書寫會否使人更疲累？小說如何對抗時間，如何抗拒所有現實的約制？〈末日謊城的浮靈自白〉就是這種壞時代逼出的奇幻小說，是全書最值得細讀的作品。

謊城的場景設置是一座滿坑滿谷都是水窪的末日之城。作者所塑造的謊城，由死神接管後完全喪失原貌，城內裝睡和清醒的人都知道這城一切都變了，被吞掉摺曲變形，奪目的發光裝置只是掩飾污水和酸雨的醜陋，可是在暗黑世界裝作與從前一樣。因此慢慢地，過去成為長老說的故事，對比苟活的城內人，城中出現帶有原生記憶的浮靈，興起持久的巷戰，對抗死神的侵佔。小說中的「我」這浮靈分明借作者的身影——生前擅寫作的文人——脆弱但仍以死相搏。最有趣的是結局：「我」回到在沒電梯的舊唐樓的家，出現一幕相當詭異的相會：「我」的媽媽和家姐已死去多年，成為大海浮靈，一直等「我」回來。時空馬上轉去三人小家庭，妻子向丈夫抱怨滲水和戰亂，抱怨丈夫沒有帶家人移民。小說分為七個章節。敍述和情節的推進分明是一個借喻，明明看似驚心動魄的戰爭，更像描畫一段幾近消失的族群史，在穿越的敍述中我們讀到作者所隱喻的過去、現在、將來；我們的共同。

這篇誌異小說讓我想起蒲松齡寫《聊齋誌異》，在不公義的時代，官場貪贓黑暗，知識分子有意見就是叛逆，平民百姓對抗就是禍。蒲松齡不屑與惡官同媒，不入官場，化義憤為文學，借鬼怪喻世，小說中不少妖魔鬼怪比人類更有人性更有人情。在不得志也沒有他者聲音的時勢，活着的人，似鬼非魔，裏外不是人，面對現實種種謊話、欺騙、鬥爭，最純粹的家人都變成扼殺靈魂的同謀。如果我們都是倖存的浮靈，我們比妖更妖，有時，妖比人更像個人。

寓言化——對應受約制的寫作逃亡

卡爾維諾謂在戰後青年一輩中相信傷痕重生，群眾事件所帶來的失敗、挫折、虛脱反而產生煎熬絕望的內在力量，興起新現實主義的書寫也成為時代的產物。他在首部小說集《蛛巢小徑》的序言表示，這段時期時代的音量比作者的發聲更強大，用方言及口頭語書寫現實，像寂寂無聞的口傳敍述者，把親身經歷或目睹的故事與傳聞的寓言混雜，糅合成嗓音、腔調、模仿的表情。在戰場中所經歷的故事，都遭扭曲變形，化為黑夜裏爐火邊的閒談，遂而增生出風格、語言、虛張聲勢的氣味、追求痛苦可怖特效的企圖。鄭樹森認為這時期卡爾維諾的作品不交代時空，脈胳含混，幻想與現實摻雜。卡爾維諾所說的新寫實主義讓我想起這兩年閱讀一些香港青年小說家的經驗。本書的故事以香港現實遭遇和實況設置場景，架接鬼魅時空，雖非上述新現實主義的套路，只是末日謊城中浮靈與死神對決，讓我想起卡爾維諾序言的自我思考——內戰如何扭曲講故事的方法，使親身經歷與寓言混雜——這點上，或者我們可以了解，寓言在這齷齪的極權世代的需要，以及寓言化的語言的哲學意義。現實再無法給予人自由暢想了，於是作者託夢於寓言化的敘述。

「假如人生有take two」的設定開展的故事，韓劇屢見不鮮，像〈Welcome 2 Life〉、〈認識的妻子〉，甚至醒來變了他人的〈深淵〉等，都是典型再活一次的虛構情節，最終往往引人多思現世。這種近乎宗教的感恩教訓，自二〇一九年以後的香港，變成鴕鳥式的自慰，我城懸浮，變刹無端，讓人難以麻木接受現實。〈貪生〉小說中主角，即使在第二人生可以圓夢娶暗戀對象、生一子一女湊成人間「好」字，十年後便已無法面對斷送愛情的婚姻和照顧一家大小的繁瑣；此外，無論如何為自己「再活一次」做人生企劃，也難逃離母城變天的厄命。這篇小說與韓劇和本書其他小說最不同的地方，是作者安排第三人生作為單身貴族的「我」，與第二人生舉家移民的「我」相遇，再倒敍當初遇到賣菱鏡的老人，但老套地像一切都沒有發生，菱鏡沒有帶人如我所願倒帶重來。這種作者親手自我消弭想像的後記，突顯以作品自況的企圖。亂世之下，書寫很多時是作家在受約制下的一種逃亡，這也使這作品沒有其他作品那麼奇詭——八十後曾經以如何為世代定位來挑戰上一輩，籠統而霸氣地似要畫出時代先聲，可是到了後疫時期，一個個八十後都已人到中年，還有更勇猛更超出想像的九十後、千禧……面對人生下半場的張力。四十果真不惑？眼前身後的張力從來不會過去，何況，即使逃過家室之累，也逃不過母城的動盪，在英倫海峽的單身貴族，也逃離不了某種詛咒般的輪迴。母城動盪變動也不是個體意志可以轉移。多少次輪迴再生，也阻止不了被擺佈的動盪和變幻的時局。

當被迫害者變成迫害者

寓言化另一個作用是以作者為中心的書寫轉化，讓他者成為書寫世界的中心，使情感推動、擺佈的情節不至過於夢囈。如果培基小說裏的寓言化放任太多個人的情緒，相對一些新寫實主義，會更有失去讀者的冒險。為心中所屬、所觸動而疾書，抑或配合市場需要生產作品？以讀者為中心，尤其是少年粉絲，當然在好景時有價有市；劉以鬯所定位的「嚴肅文學」不以特定讀者為中心，非市場、超功利，自然不能攢錢維生，面對「逆」時代，為他者而書寫，更是另一種堅持。我想，寓言化也許在後疫時期將是香港尋索的另一種書寫點。這樣說來，我認為〈一級榮譽畢業〉的寓言化方式更加值得注意。

Leo Strauss 在《迫害與寫作藝術》論述寫作作為行動 (act) 時，提到在自由受到壓制，取而代之是強制：人們的言論必須被政府認為合宜，或與政府持有一致的觀點，所有強制，也許只能平息矛盾，使信念鋪平。這使人乾脆放棄不同觀點、不同信念的選擇自然意味着思想自由不復存在，等於沒有了不同觀點的選擇能力。然而長久而重複的謊話無法阻止獨立思想的表達，因為迫害使極端觀點的作家運用另一種獨特的寫作方式來轉述，從他們 writing between the lines[2] 的方式中讀者發現未知的領域。

在這種認知下，〈一級榮譽畢業〉以寓言化敍述處理了人最恐懼的狀況——在被迫害當中，被迫害、剝削者，反而變得功利和唯我，最終亦成為迫害者和殘害者——生存作為所有迫害的最崇高理由，是人生最大的墮落。整篇小說不說教，以不同人物的限知視角，敍寫在沒有多元只有「一元堂」的「自民區」，曾經反抗和逃亡的艾爾肯，被「教育」成習慣在圍牆以內，放棄所屬民族的記憶，登上一級榮譽的殊遇。在他踏上的臺階下，墊着他所出賣的朋友、長官。

---

2 劉小楓主編，劉鋒翻譯：《迫害與寫作藝術》（北京：華夏出版社，二〇一二年）。

這篇小說看到刺骨處，當被迫害者變成迫害者時，到底我是誰竟然不再重要，攀上制度訂下的高位才是生存之道。傳統的寓言以幻想和虛構構成諷刺，大多人物扁平，情節簡單。作者寓言化書寫，仿效在字裏行間另類書寫的隱喻敍事，大抵在信念被磨平、大眾失去選擇觀點的能力後，必然出現的一種對抗方式。這本書所有主角都有共同點，就是被離棄的個體，但〈一級榮譽畢業〉的主人翁，卻是在被剝奪民族自由之後想方設法生存的倖存者，最終自己被自己的生存遺忘。

如今，常有人說，沒有最壞，只有更壞，或許寫作作為反約制，成為一種逃亡；或許，能夠持守獨立思想的藝術家會失去市場的優勢，甚或愈來愈鳳毛麟角；或許，《魑魅人間》裏的異化、寓言化、妖魔化，沒有給作者和讀者既定答案。這思想自由的選項，便是我覺得文學尚存盼望的原因。

「都市」與「我族」的現代神話

吳思鋒

> 魂氣歸於天，形魄歸於地。（《禮記．郊特牲》）

有此一說，中國的鬼多為人形，西方則否，此說表徵鬼的出現，在中國文化更接近一個精神的反映。無論作者殷培基常使用魔幻寫實、黑色等詞語，描述自己的這些鬼魔登場的小說創作，當我閱讀時，卻更常有在讀民間傳說故事（如童時靜聽的那些床邊故事）之感。

在那個「很久很久以前」的民間故事世界，人與自然萬物的形象、形體隨時可以互換，天地人的融合宇宙與故事的道德意涵相互關係化為一個海納萬物、靈力具現的生活世界，但當然，作者試圖建構的小說世界，更為現實、逼人。岔個題，我很難忘記，近二十年前首度造訪香港，培基領着我到處走看，迫不及待為我導覽城市香港。到了用餐時，他仍滔滔不絕地邊吃邊說，我當聽眾，結果他吃完了，我的飯還剩一半；我們在路上行走時，他側身向我，一面導覽一面前行，結果我還得喘吁吁地快步才能跟上他。

速度，成了我對香港的第一印象。也是我對培基小說的第一印象。速度非僅快或慢，而是資本、技術、階級、國族等複合形式所動員的「加速狀態」。於是乎，《魑魅人間》展述的毋寧為一則則關於「異化」的都市傳說，在這裏面，敵人就是敵人，可自己人也會變成敵人；現代社會的貨幣化、人我關係的工具化，乃至香港的分裂化，一一成了小說的底景，甚至「母題」。

因而，在這八篇小說裏，最讓人揮之不去的，莫過於故事主角在各種現實中的掙扎、猶豫、夢想，最後往往無路可出，窮途末路。「我族的繁衍」則在每一個故事底下潛行、繁殖，變成另一組無法順行，夾層的時間敍事，譬如〈末日謊城的浮靈自白〉，海上的女神石像是二十七年前「我們的先祖」但又不是，其實「我們是從急墜的巨石中轉生」。在這裏，先祖的時間與歷史的時間重疊，以分裂為二的形態形成一個重層的時間性，也產生了兩顆心靈、我族性格，一是情感型的「懷親類浮靈」，二是行動派的「仇恨類浮靈」。也就是說，在光怪陸離的情節裏，小說所運作的兩種時間、兩顆心靈、兩類性格，也許才是主題本身。

於是乎，種種的無路可出折射了現實的巨大，這是殷培基小說的動人之處，也或許是限制之處。因為如果「速度」制約了我們的當代生活，也就意味着當下現實遠甚於歷史追尋，乃至重構，這正可以是文學想像力驅動的節點；換句話說，當我們將當下予以歷史化，當下會變得更具「清晰的複雜」。但從作者早期小說，如《心魔經》讀來，歷史化似乎並非寫作的志趣所在，而到了《魑魅人間》，因此或更反襯了文本內外的現實。

那麼，我們不妨回到一個老問題：在詭譎、動盪的今日，我們如何自我啟蒙、自我動員？

目錄

序一：約制的逃亡——《魑魅人間》裏的異化、寓言化、妖魔化……吳美筠 iii
序二：「都市」與「我族」的現代神話……吳思鋒 xvii
一宗生意的抉擇……1
變鳥……25
末日謊城的浮靈自白……47
一級榮譽畢業……68
電話錄音殺人事件……111
那天，我在港鐵站迷路了……140

放逐 …… 149
貪生 …… 167
後記 …… 209

一宗生意的抉擇

（一）

最討厭早上七時後的城市，高速公路像消化不良的便秘患者，腸緩慢的蠕動如落地的蟲蛹。七時前，路還很順。

我正暗自後悔，只怪昨晚連追四集網劇——《最後的加泰羅尼亞》，圍繞一班戰後的特工如何回復「日常生活」。捨不得不看，故捨不得早睡，也不想早起。

七時後的公路，像栓塞的血管。

不如在下一個路口駛出？那是鄰國的過境關口，通往那邊一個高端科技發展的城市，每天都有刷新建築高度紀錄的摩天大樓面世，俯視的話，倒像一張豎起高低不一、卻同樣鋒鋭的針墊，踏上去的話，必然見血。

但我得抉擇，我得抉擇。

是否要駛過去，走向那鄰國的關口？

老闆説今天約好了客戶在那邊見面，我可選擇去還是不去！

「反正我會過去見見面，你可以留守公司。這個客戶可是衣食父母啊！」老闆説話的同時一臉盼望。

當下過境公路的分岔口於三百米後呈現，隨着慢駛漸近，看得清楚，那確是一條順暢的大道。若我不作選擇，便得繼續行駛在原已中風的經絡上，看着前方我城的脈動奄奄待斃。突然！前車忽地切線！混帳！我差點撞了上去，幸好反應及時，剎停了車，卻因急剎的衝力過大，拉傷了後頸，眼前一黑，晃眼兩秒——

我揉搓着疼痛處，後車已按起響號，催我駛前，豈料……

當我重拾心神，望向前方，仍舊是這條無止盡的車龍，只是……只是模糊不清了，有點混亂有點變形，是剛才急剎衝擊的緣故，導致拉傷了哪條筋腱，影響了視覺神經？我揉揉眼睛，卻始終無法看清前路，試着從醫學角度解釋眼前詭異的情景。一直望去，我城的樓宇只得框架般的輪廓，也如電腦修圖的霧化效果。前後左右的行車繼續慢駛，駛向那漸次變形的城市。我忽然想起，最終向前走去的話，所有的東西都會匯聚，扭結一團，旋進一個調混着不同顏色的渦。這分明是個人過分的幻想，但我看看周遭同樣疑惑的人們，再看看慢慢前進的行車，前方我城如印象派的畫，有莫奈筆下的朦朧美，也有不可察知的異境。

獨獨，是那漸近的三百米後過境分岔口最像真，那過境後的鄰國都城，老闆見客的地方，又實在是一片明淨的晴空。

（二）

我仍塞在路上苦思自己的去向，今天的確沒甚麼要緊的事，回公司也不過待着發呆，接幾個客戶的訂單，聽幾個客戶的電話。有時候曾埋怨這份工作很悶很被動，像時裝店櫥窗的人偶，被安排好位置和動作之後，待着，就是待着而已。待甚麼呢？就是老闆接到新訂單，要開展新計畫，我便有事可幹了：訂貨、入單、聯絡客戶、檢視貨運流程、轉帳、付費。至於接見客戶這塊，老闆就不大需要我，這方面是我最不懂的，如何在臉上掛起一張真誠的笑容？面向客戶，不用照鏡我也知道，笑起來，我的臉如塗上了石灰粉漿後急速風乾，陪笑時會龜裂。

「你跟我都已經七年了，怎麼一點進步也沒有？」老闆看重我處理實務的高效，喜歡我夠踏實。說實話，幹貿易這行業，在程序上最講求四平八穩，物流貨運既有擔帶又準時。

「你有空又有興趣的時候，就跟我到鄰國去，見見人客，開開眼界，跟我混混。我年紀大、快退休，近來心臟血管不大好，唉！你是我鎖定的繼任人喇！要跟人客好好打關係。」上星期老闆在晚飯後，半醉地搭我肩頭，欲嘔的酒氣隨一字一句吐出來，正好那時老婆傳個手機短訊來——「海外物業移民顧問李生打來，待覆。」

這個信息給我一道逃生門，單身的老闆識趣放人，臨走時他還抽一口雪茄，大喊着：「下星期我過關到鄰國的新都市談生意，你喜歡便跟來啊！不喜歡就回公司。」

那刻我僅是隨便地虛應一聲，卻料不到如今正塞在這過境關口的公路前，而前方繼續奇幻地扭曲，濃霧聚攏成一隻灰白的巨掌，當車龍吼起連環響號，我和其他人一樣，還以為前方發生了車禍。我納悶，爆了兩句粗話，看見十幾個司機紛紛下車，邊走邊討論邊咒罵，嘗試上前了解。我想推開車門，跟他們一塊往前去，卻又懶得動身，還是在車內播着歌，無奈地等。

豈料過了良久，那些上了前方的人，一個都沒回來。已經接近十五分鐘了，若是一般交通意外，要了解要探究的話，幾分鐘都足夠理清來龍去脈，怎地好像愈演愈怪？又過了十分鐘，霧愈罩愈濃，頗像經典電動遊戲——「寂靜嶺」。

我打開手機，查看新聞、群組信息、網絡平台，噫！沒信號，無法接收任何資訊。見鬼了！我關機、重啟，仍舊失聯，而且不獨是我，這裏其他人都一樣，忽地成了城市中的失蹤人口，有三個妻子跟數個小孩急得哭起來，他們的丈夫和爸爸，正是那十幾個上前去查看至今一去不返的司機。

灰白色的霧終於湧到眼前，能見度僅餘身邊的七、八輛車。我的鼻孔和皮膚都在呼吸霧氣，整個人變得濕潤起來，一股陰冷的寒氣來襲，使我不由得縮起雙肩，搓着兩臂，望向左邊不遠處的分岔道口，奇怪的是，這條過境公路分分明明清清楚楚。眾人親歷奇境，無不嘖嘖稱奇，舉機拍照，我想：「反正眼前還是迷迷糊糊，奇怪難測，那十幾個不知去向的司機或已埋進霧中，我會是下一個嗎？倒不如過關去吧！老闆已在那邊……」

我走進車廂，安全帶扣穩了，兩手握緊方向盤，打起左燈，轉軚駛去。

終於，我還是駛在不大願意前往的去路上。

從車窗和後鏡中所見，是一切無所見。從來「安全至上」、「小心駛得萬年船」都是我安身立命的護身符，倒後鏡永遠有小小的「觀世音」掛飾吊掛着，千眼八方，千手護航，往前慢駛着，我城右方的行車線漸遠，我猶如逃離一頭霧獸的巨口，眼見霧中道路的行車被一一吞噬，實在心寒，那些突然失去丈夫和父親的妻兒也很可憐。

突然，我的手機重新有了接收信號，踏着油門漸見暢快，老闆打電話來，劈頭一句：「小王，你那邊沒事吧！別回公司，別回，高速公路被怪霧濃罩，應該有好多車禍發生，你別回去，劉仔已發了短訊給同事，公司休息一天。順便跟你說，『C&P建築』的大老闆想你過來一起談談生意，這邊有『大世界』呀！過來吧！會過來嗎？他說今晚擺定大宴等你呢！」

老闆一輪不用喘息的話叫我難以接上，講下去都是那邊發達的光景和美好的前途，互相堆疊成一幅美麗的城市圖畫，摩天商業高樓配搭劃時代的交通網絡，新發展高尚住宅必備完善的教育、醫療系統，全智能化都市生活圈，套語和口號等宣傳文字穿插其中，樓房和道路和口號和人流交織出來，好像一個極具誘惑的美女胴體，樓宇高低起伏如婀娜多姿的身體線條，張口吐出來的盡是紙醉金迷的氣息。

「老闆，我正駛向過境關口，不說了，一會兒見。」他驚喜地歡呼一聲後爽快掛線，我也專心離棄原本淤塞的道路。然而奇怪的是，老闆說怪霧中應該有許多車禍，「應該有」是一種估計吧！怎麼了？新聞沒報麼？剛才的確看不見一輛救護車，也聽不見聲警車開路的響號……偏偏，在我前方不遠處，也大概離關口一百米左右，正有一輛私家車撞上路旁石壆，撞中銀白色的新款智能燈柱，車頭冒着白煙，司機被幾個大漢強拉下車，既爭執着，又掙扎着。

這條路風光明媚，別說霧，連雨粉也沒有，怎可能撞向石壆？大概又是司機只顧低頭看手機而不看前路吧！我駛過，瞥他一眼，不屑地搖頭冷笑。豈料到得關口前面，正排着一條不長不短的車龍，鄰國的執法人員竟然指揮着我方的交通，兩地的邊防警官在過境閘口處圍着，正在討論甚麼似的。突然，右邊寫着「特別通道」的閘口打開，放行了四輛執法部門的專車，朝我後方不遠處撞了燈柱的壞車急駛過去！

「這區域是國際區間，共管執法，溝通清楚便可以。」我想起老闆身邊的紅人——「通天劉」劉仔。他說。

想起劉仔，便想到自己。

我絕對是好員工，許多打工仔會趁這時候找藉口請假吧！唯獨我、公子和劉仔不會。公司的規模不算大，就四、五十人，在行政總裁（老闆）以下的就是三大部門（貿易運作、人事內務、客戶公關）之首，我就是貿易運作的第一人，公子是人事內務大總管，劉仔是公關達人。

老實說，老闆器重我是有理由的，我的部門已連續五年奪得「企業部門大獎」，五年來毫無差錯，確保貨來貨去運作順暢。至於老闆的兩位世侄——公子和劉仔，都比我年輕，但不及我穩健，勝在極有幹勁，極有雄心（野心）。

「我視你為接棒人，想你取代劉仔，他不及你踏實。」老闆曾說，雖然劉仔是世交，也常跟老闆四出見客，但人稱「通天劉」的他是個極端的機會主義者，是個職場獵人，永遠見獵心喜，利字當前，賣人賣己。

「賣人賣己」是我純粹的想法。記得有一次我跟他在酒吧聊到半夜，當時幾個同事已不省人事，我則半醒半醉，迷糊間聽他聊起了老闆快將退休的話題，顯然他的酒量在我之上，聊起這事時特別精神爽利。那刻我攤坐在沙發上，挨着另一個同事，昏醉的睡眼睜睜閉閉。在吧枱旁一列圓形轉椅上的他，邊講邊轉，時左時右，幻成疊影，而我，見鬼了，在重重迴轉的疊影中，赫然發現他的腰股間，竟揚起了一條粗獷的棕灰色短毛尾巴，自自在在地左搖右擺，話語間滿帶狠勁，甚麼個人大計公司未來如何帶領大家發展順順利利，都在帶勁的擺尾動作中掃走了我三成醉意，最後他拉起我，叫我埋單，他湊近我的時候，耳邊的灰白獸毛和獸面是我昏醉前的最後印象。翌日上班，一切如常，開會的時候，他仍打扮得極講究，坐在我身邊，有時展露狡黠的微笑。

我開始相信他天生有一種異能，非但善於觀察別人的眉頭眼額，懂得變臉和讀心，甚至，甚至在他的心底裏，藏着一頭兇殘的蒼狼。當然我又豈會少見？辦公室政治的虎狼鷹犬是常見品種，弱肉強食都是日常至理，吃大或吃小或是大小通吃，都是吃。

「喂！別發夢，後方有壞車！你知道嗎？」一個彪形大漢猛力拍打我的車門，我搖下左方車窗，他的話一句劈來：「媽的你是裝聾嗎？我喊你他媽的幾次，你就是睜着傻眼看前面自言自語。」

我是太投入關於劉仔的想像了，給這個掛着鄰國執法人員證件的彪形大漢抽回現實，才驚覺前面的車已離我十幾米遠，我卻呆在車龍的線道上，難怪惹人懷疑。「後面的車，你認識嗎？」大漢粗野無禮的質問，令我有點不知所措，我慌着：「不……不知道！我……我……朋友……不不不……是我朋友。不是我朋友。」

大漢不耐煩了，罵了句粗話便喝斥着：「到底是不是你朋友？快說！」

我深深吸口氣，語氣發顫，道：「不認識，不是我朋友。」

「那你停在道中幹麼？等他？看戲？」大漢的身後又來了另一大漢，旁邊又有我城的警員，三人都盯着我。

「我……我是發呆……我約了老闆在……那邊……酒店開會，我很少到訪貴國，好奇……好奇那個司機被拉下車。我其實趕時間，我們這邊大霧，我老闆又等着我，幫手談生意。對不起對不起，我呆在這是錯的，不該，不該。」其實我亂講，不！是講亂了。他們都看出來，有個大漢失笑一聲，邊笑邊問：「你怕甚麼？幹甚麼生意？」

這刻是生死關頭了吧！

見慣職場風浪的我，踏實地踩着浪尖不怕，卻少有出差做事，果然江湖外有江湖，急浪裏有藏刀，這次我死定了，後面被拉下的司機消失了。

「看你一副狗臉表情，算吧！過去！」大漢大發慈悲，指示我駛往前面，排隊過境。我給嚇個屁滾尿流，連忙道謝，急忙逃生。剛巧劉仔打電話來！

「喂！老闆問你過關沒有？他說發了許多信息給你，著你快看。」

「唔。我………我快到了。」我的話邊說邊抖，把剛才的事跟他說了遍。

「哈……怎麼了？沒來過，怕嗎？哈！」劉仔是老江湖，相比起我，他是跑在外頭的野獸，應變力極強，我呢！也自以為職場江湖高手，豈料過關後是個汪洋。

對於老闆突然在短時間內發給我的十多個短訊，的確非常罕有。我也知道應該要盡快回覆，然而剛才過境關口前的驚心動魄，叫我哪來空檔？那一刻，口袋裏的手機不時顫震，只是我無暇顧及。

豈料，好不容易過了第一關卡，打開手機查看，老闆第一個傳來的信息是：「求救！今次進了狼竇。」第二、三、四個信息一模一樣：「在哪？到了沒？快來助我解困。」第五個信息是：「以為見個面，怎料要簽約。不想簽，不懂推，快來！」第六個信息是：「我一會兒問你意見，你替我提些理由，說董事局怎樣怎樣甚麼都好，我不想得失對方，你給我意見，我立即附和，推說今日不簽約，回去研究研究，另約他日再簽。」第七個信息簡短了些：「劉仔出賣我。」第八個信息有點恐怖有點失實：「對方變了一頭鱷魚。我瘋了。他有槍手。」第九個信息頗絕望：「沒了沒了，簽約的話，公司都要賠上了。」第十個信息：「我不想簽，你來幫幫忙，想個辦法推掉。救我。」

（三）

終於過境了。一輛鄰國的粉紅色計程車駛來，我跳進車廂，急道：「GALAXY 大飯店。」

司機乍聽這間大飯店，雀躍地回應一句：「沒問題！老闆！很快就到。」我從倒後鏡中看見，他的笑容好像中了彩票般興奮，簡直像連續交上了好運，或遇見生命中的貴人。他回頭看我，用力點一下頭，堅決地表明使命必達，然後用上一世人的所有力氣，再次吐出一句「謝謝老闆」。

我後來才知道，有資格到「GALAXY」去的人，都是天選之人，凡人難及。這地方的所有車輛，除官方或酒店方指定准許外，其他都只能停泊在飯店門前的人工湖旁，乘客要轉乘專車進去。「謝謝老闆，謝謝老闆。」我下車時，識趣的給司機五十元打賞，但前來接我的劉仔再額外多給他五百大元。那句「謝謝老闆」所謝的，根本不是我。

下車的時候，我有意無意間打量着劉仔，想起老闆求救的信息。一直以來，每每重要關頭，老闆猶豫不決，或有甚麼難作決策的關口，他必定會問我意見，務求彼此口徑一致，爭取多一把支持的聲音。然而，今次遇到的難題，我隱隱感到嚴重得多。

眼前的劉仔出賣了老闆？

我半信半疑：沒可能吧！除非……眼前利益的誘惑力屬史無前例的級別！

想着想着，超五星級大飯店矗立跟前，我抬頭望，青天白雲，比起過境前的迷霧實在是兩個世界，這裏天色分明，新式大廈群一清二楚。「時代不同了，鄰國本就是另一個世界，不屬於地球，是超現實又劃時代的彗星，完全超越我們的想像啦！」劉仔帶我走進飯店。

飯店？不！這不可能，不可能，我肯定跌進了科幻電影的情節，或是神仙奇幻的電子遊戲畫面！這裏的裝潢猶如奇妙的外太空，濃艷的星雲有平面也有立體，凹凸奇形，暗藏的LED燈飾忽暗忽明，漸次變化和旋轉，迷迷幻幻，處處搶住我的視線。

「跟緊點吧！」劉仔拉一拉我的衣袖，我頓成了跟班似的，跟隨他的步伐，踏着地板上的電動銀河輸送帶，走進前面一座以太空艙設計的特色升降機，乘着彩雲飛升去了。（踏上直達9樓的九轉電梯）

在九轉天梯之上，我倆踩星踏雲，每踏上一步，地板上立即散開七彩的光束，如星光四射，彩雲四飄。面對如此重型的裝潢，滿是超現實的華麗風格，我倒受不了。不懂設計的我，為免得失主人家，就只能用「嘩！啊！好靚！好勁！好豪華！嘩！」等無法具體形容的言詞來表達。「別大驚小怪！」劉仔別我一眼，同時一按電梯扶手，便有一顆流星彈射而出，沿扶手的水晶膠面流轉前進。劉仔捂嘴一笑，指着雲層（樓層）上變化萬千的雲彩氣象，介紹說：「我們直上九樓的中菜廳，名叫『雲中仙』，今天是我們的大客戶包場了，裏面只有三種人，一是我、你和老闆，二是大客戶『C&P建築』的CEO華總和他兩個助手，三是服務員。」

我聽着介紹，觀賞層層疊疊令人眩目的風景，劉仔又忽地猛拉我的右臂，叫我回過神來看他一眼。咦！他竟收起了笑容，神情認真，目光霎時變得鋒銳，如一柄利劍，使我猛地心下一寒，想起了似曾相識的一頭荒山野狼。他摸摸鼻頭，語氣嚴肅起來，道：「華總的後台極猛，跟你說，這次是我拉攏回來的，是你我組成兄弟班、大展拳腳的時機，是千載難逢的發達機會。」

他吞了吞口水，續道：「今次之後，我們跟華總的生意往來是過億的，他是國際級重點企業家，整個沿海的灣區都是他的業務王國，地產、建築、建材、城市規劃發展等生意，都有華總背後那座大山給我們靠着。」

雲梯即將轉到盡頭，人工霧靄中隱約飄來仙女的虛擬麗影，可我無暇被惑了，經驗告訴我，老闆的信息也告訴我，此際必須冷靜下來，眼前的，真是一頭胃口極大的狼啊！

我拉直了西裝的領口，也收起了笑容，道：「劉仔，說重點吧！」

(四)

宴會將近尾聲，杯盤狼藉，老闆見我願意過來洽談，很是高興，猛拉着我多喝幾杯威士忌，還不時輕聲細問：「有沒有讀我的信息？」我輕微的點頭示意，他卻發慌的追問，說來奇怪，他怎可能有時間傳給我十個信息，整晚都給纏住啊！

「你看，你的老闆好掛念你，說你是最得力的助手，非要你來不可！猛發信息催你來，哈……！好像沒你的同意，生意便談不成，看來你才是老闆呢！」華總的語氣辛辣嗆鼻，我立時識趣罰酒賠罪，劉仔也醒目地拉着華總的助手，再來半打頂級紅酒，我意識到，這是進入正題的時候。

華總拍兩下手，助手點點頭，轉身傳召宴會部老總過來，耳語幾句，引發一陣狡獪的笑聲，宴會廳左邊大型趟門登時自動拉開，一群陪酒的「仙女」登場，坐在我們中間。華總摟住其中一個，豪爽地吼：「卓老闆，海灣區新發展的『TIMES METRO』，所有建材都由你公司購置，你都懂得向誰購入吧！我們的地磚、石材、鋼筋都有保證，最近有幾批貨想你買進來。批文也有老朋友搞定了，待你簽字便成交。」

我看着老闆，他抱住仙女裝醉，又喝一啖酒，眉頭輕皺，道：「那幾批貨都有點問題，拿來用的話，蓋樓蓋房子恐怕……而且貨價相當貴……老實說，中間的油水撈得頗狠吧！」老闆說話間盯了劉仔一眼。

華總的助手已經把批文和合同攤開，平放在枱上，語氣狡獪，道：「卓老闆，日後在生意上的合作陸續有來啊！你是生意人，你懂的！」

是簽約，還是反面拉倒？

我不習慣紅酒美人談生意，也不習慣把金錢、權力、慾望綑綁一起，作為交易套餐。不過整晚下來，華總絕不好惹，他的神情和話語都很霸道，滿有黑道梟雄的豪氣。我很清楚，這次老闆是非簽不可吧！

「日後建城和蓋房時有何意外，華總決不會上身，但老闆和公司必定當上替死鬼。」我忖。

這句說話，早在十分鐘前，我已在廁所裏跟劉仔提過。

當時，我確猜不到，妖魅一早伏在身邊。

十分鐘前，我和劉仔一起藉詞上廁所。他好小心，探視了所有廁格，確保沒有人，才跟我坦白。「老闆不肯簽的話，你勸勸他。老實說，他信任你，你一句等如我一百句。」劉仔舉起三隻手指，續道：「30%，你分到我的回佣30%，如何？以後兩兄弟拍住上，將來再泊華總的碼頭，有你有我。」

「日後建城或蓋房時有何意外，華總決不會上身，但老闆和公司定當做替死鬼。」我道。而我是堅決不想有任何差池的。

就在彼此靜默數秒間，劉仔轉身，照鏡，掃掃前額髮端，搖頭冷笑，顯然是對我的一種嘲笑，他拋下一句：「公司不屬你和我，賺錢最要緊。老闆年老，老懵懂啦！我們要學懂為自己打算。」

正當我想反駁之際，怪事倏然發生，我全身上下陡地僵直發冷，只能兩眼死死的瞪視面前一幅四尺乘七尺的長鏡，很想講話很想大喊很想呼叫，卻無力發音，喉頭像給強力膠水封死了，唯一能動的就只有思想，不禁令我想起了那一次酒吧的奇遇——劉仔變了一頭真實的、猙獰的灰狼。而在此刻，這段詭異的情節，百分百如實地，在我思路清晰的情況下發生！

我僵立原地，死死地盯住了面前的鏡像。

我的眼皮無法眨動，勉力地咧嘴、咬牙，一副驚慌失措、凹陷扭曲的面容，劉仔輕輕搖頭嘲笑，神態自若，輕描淡寫地道：「喂！看着我呀！」——陡地，鏡中的他頓生詭譎異變，嘴臉拉長，獠牙暴綻，毛髮粗獷橫生，瞳孔易變，瞳色偏藍，射出黃光，他／牠橫移一步，湊近鏡子，張開血盆巨口，噬咬鏡中的我，溫熱的鮮血登時彈到我的臉上，而我仍動彈不得，眼睜睜看着這頭怪物來到我前面，破鏡、現身，整個上半身從鏡中伸出來，跟我的鼻尖僅僅距離五公分，一種強烈血腥味，自牠的獠牙滲出來。

「今天，你決定到來，就得順道決定自己的前途——跟華總還是跟老闆。老闆看重你，若這宗生意後一切順利，他遲早把公司交給你。我呢？繼續安份當你和華總的中間人。若最後出事了，我和你都可全身而退，還可以靠華總這邊。我們，沒有輸，只有贏。識時務吧！待會紅酒美女一起上，你給我搞定老闆。記住，做錯決定或給了不當意見，很難回家喲。你人生路不熟，出外就得靠朋友啊！」劉仔指着自己，再度梳理好髮型，拍拍我的肩，先行離開了。

我處於麻痺狀態長達五分鐘，鏡中的我被噬咬、被撕扯後，面容爛掉了一半，直到稍微能動的一刻，才敢重重的呼吸，心跳仍快，扭開水龍頭，抖動的雙手裝水潑臉十幾次，再使勁地緊掩臉容，又搓又捏。忽然間，我懷念着不久前，在塞車的路上，跟所有人一起，即使被蓋上厚厚的白霧也不打緊。

是簽約，還是反面拉倒？回到貴賓廳，所有人都盯住我。

老闆盯住我，想我給意見。

劉仔盯住我，也想我給適當的意見。

華總和他的助手盯住我，最好給他們很滿意的意見。

美女們盯住我，紅酒樽盯住我，談好了生意後，玩個痛快。

是簽約，還是反面拉倒？

一時間，我盤算不果，四顧各人目光，赫然驚見，他們好想在我身上攫取甚麼似的。我只好陪笑，重重的吁口氣，低頭深呼吸一下，準備好推搪這宗生意的理由（老闆會即時附和，我跟他應該默契十足）。

但當我再度抬頭，時空定了格，原地演變。我退後數步，抽離一看，在場的眾人急劇變異……

劉仔已完完全全現出真身，一條灰白粗糙的尾巴掃着妖女的裙襬，前面的華總和助手也正自扭動身軀，顯露鱷魚和蟒蛇的原形。

老闆呢？

一直不懂回覆，等我給意見的老闆，在把我「擺上枱」後靜靜坐着，給對方虛假的微笑，一動不動。我立時上前，拉拉他的臂膀，竟給我抓出了一把白色的狐毛來。他裝假的笑臉上有凝固的塑膠物料，道：「給點意見吧！我全聽你的。快退休了，公司就交給你吧！」這一刻，抓下他的一束狐毛，在我手上搔癢難耐。

變鳥

（一）

我明白，你看我不起。

我太胖，所以空有一雙翅膀，還是飛不起。

然而我真的很想飛，從牢籠的縫隙中攝身逃走，一飛衝天。

我不是一隻雞，是鳥。祖先是飛翼龍，《漫畫莊子》裏寫的大鵬，可以飛三千里，多自由自在。《漫畫莊子》認為牠不算逍遙，但於我來說，牠，就是最逍遙，至少，牠飛得起，我卻早被折翼。

我生下來的時候就這樣子，從小到大，都是別人的取笑對象。從小學到中學，同學們都說我的樣子怪，像隻很肥很肥的雞，還是美國入口那種白羽紅冠的嫩雞。美國貨，源自肯德基。因此，我的渾名是阿雞。

同學甲道：「喂！阿雞，我昨晚夢見你真的變成了一隻肥雞，想飛，但用盡力氣都飛不起，很肥很滑稽……哈……」他仰天大笑。

同學乙道：「阿雞，三乙班有一個肥仔，很像你，是兄弟嗎？哈……」

（二）

因為中學文憑試只得五分，所以中六畢業以後，我投入了社會工作，但轉工才是我真正的職業。我當過跟車送貨、薄餅店侍應、倉務員、速遞員、寫字樓信差、裝修工人、搭棚工人、大廈警衛、清潔工人和酒店接待員，但是沒有一份工能維持一年。

我媽媽時常罵我沒出色，我爸爸經常說我丟他面子，我妹妹只會冷言冷語，冷眼看待。她在香港大學主修會計，說甚麼GPA 3.5的，我聽不懂。

無可否認，我反叛，且沒出色。

為甚麼我讀書不成便要去考警察、考消防、考海關？考東考西，總之考一隻鐵飯碗回來；為甚麼告訴我陳太的兒子能考入大學讀醫科？為甚麼告訴我李生的三女兒在公開試有幾多5**？為甚麼告訴我五樓傻強被街坊互助委員會選為二〇二二年屋邨十大傑出青年？

與我何干？

是別人看我不起，還是你看不起我？

（三）

剛被人炒掉。睡在床上，日上三竿。

我從側臥的角度看，一群站在騎樓晾衫竹上的麻雀，體形變大了許多。但看着我家飼養的相思雀，只能看見鳥籠的盤底，搖搖晃晃，不是風吹，我看大概是牠正在跳上跳落，由高枝跳到低枝，再從低枝躍上高枝，企圖有一天能跳出牢籠，拍翼出走。

反覆跳動都是一個重複動作。

做過十多份工作，沒有一份是自己喜歡的。當然我不知道自己喜歡做些甚麼，只知道自己不喜歡別人要我做些甚麼。

我想靜，想自己選擇，可是永遠都得不到。我不做工，只是不想由高枝跳到低枝，再從低枝躍上高枝，重複一個動作。

（這簡直是躲懶藉口！）

（扮清高，扮世外高人！）

（四）

終於，我想我要找份工作，逃避父母的嘮叨。

終於，我在一家中小型貿易公司任職初級文員。第一天的工作跟第十天第一百天的工作別無兩樣，都是在來往的單據上反反覆覆的輸入數字，然後重重複複地核對數字或者地址。如此這般，我順利度過了三個月試用期，加薪五百。

這份工作該是我出道至今的最高等職業，讓我媽可在各位「雀友」面前說話大聲一點，吹噓一番。偶爾我聽見她笑着說我升職了，是副經理之類的職級，鄰居都興奮讚好，嘴頭上極盡奉承，手底下的牌還是狠誅對家，被誅的對家還笑着說：「書讀得不好，沒所謂，最重要懂得賺錢！」說罷！翻牌吃糊，三番！

那天晚上，我下班回家，理所當然的是晚飯自理，老媽只顧在四方城中碰碰手氣，打夠十八個東已很飽足。我心中悶哼着，鄙視的目光猶如一柄小刀，在我媽肥厚的背後亮起。三分鐘即製的泡麵跟肥皂劇一樣胡亂，隨便倒進肚子裏，根本搞不清是海鮮味還是雞肉味，總之填滿了空洞的肚腹，便走到騎樓去，替老爸養的相思雀換換水。公屋的騎樓連着廁所和廚房，鐵柵外幾根晾衣的長竹指住這座城市，指住無雲的夜空，街上的霓虹燈照着屋邨平台上的公園和球場，幾堆老人家在涼亭旁，專注地圍住麻石枱面上畫好的棋盤，棋盤上是他們自帶的象棋，兩個老翁高手過招，旁觀者就在收錢下注，而另一邊也是他們極喜歡的排九，贏個十元八塊也夠滿足了。哪像我老爸麼？我老爸的對手是澳門的賭王，每逢月初，他定會到澳門一趟，不死不休。「鈴……」電話響起來了，不用猜想，必定是我妹妹，裝乖扮純，說今晚不回家了，要留在宿舍溫習。哼！有好幾次，我聽見她的男友在歡呼呢！

這夜無風，也沒星。沉悶的我沒事可做，對着暗黑的天放空，無聊想像鳥籠中的鳥，遇上了我——一個寂寥空虛的被遺棄者。我試着側頭看牠，調校角度跟牠對望，幻想自己能說鳥語，跟囚在籠中的鳥展開對話。

（五）

「我倆是同道中人吧！吱吱……」鳥兒竟然開腔說話？我呆住了，張大了口睜大了眼。

「我叫相思，你是阿雞吧？你寂寞嗎？」

我肯定這是幻覺，好像看罷一套深刻的電影後，腦裏仍纏繞着的畫面殘象，身子不自覺有點顫抖，唇舌有點僵硬，疑幻疑真的注視眼前的一隻翠色小鳥。

「放心吧！別人聽不到我們的。怎麼啦？你不是想跟我聊天嗎？我很悶啊！整天都在吱吱吱，麻雀和信鴿又嫌我是階下囚，不肯跟我聊天，我快悶死了。」

「喂！說句話啊！連你也不睬我了。說到底都是你爸爸害我的，你是他的兒子，也得負責任。況且你也像我一樣，大家是同道，作個伴也挺好呀！」

「喂！喂！你怎麼啦！喂……」

活潑的相思逗我聊天，我卻對着鳥籠發呆，大腦裏面是一個亂七八糟的世界，腦筋互纏打結，微絲血管發炎膨脹，幻覺亂來，驚見自己被猛獸追趕，受驚逃跑，跑到荒漠去。突然，我好想飲水，喉乾難言，雙唇乾裂，咧嘴的話，會滲出血來。

（六）

今天，我告了病假，但其實沒有生病，只因聘請合約上寫着一年可享有十日病假的條款而已。

又或許可以說是有一種情緒，忐忑不安的自我懷疑。

我聽得懂……鳥語嗎？

我聽得懂鳥語！那是一種異能，終於，我確定這是有生以來唯一能自我肯定的長處，獨一無二的一位「異能力者」。

在沒有花香的騎樓上，鳥籠中的相思鳥很安靜。門閘外是一座四方城，老媽每一句話都惡臭無比：「頂！陳三，如果不是王太打出三索，你會食糊？早就是我清一色爆棚，位位六十四啦！你死好命咋！」又是一陣轟動全屋的笑聲，自四方城裏傳出，夾雜了很多地道粗話。

我打電話給朋友甲，找他聊天：「電話暫時未能接通。」朋友乙：「你已接駁到97741234，留口訊請按1字。」朋友丙：「你是……阿生？還是阿強？……啊！阿雞，原來是你。十多年沒見，有事，別來問我借錢啊！」

我朋友不多，都已盡了力找。

我嘆一口氣，又是唯一的睡床，而唯一可以做的，只有離開現實，逃入夢境。合上眼之後，騎樓的相思鳥對我微笑，牠化做了人，一個非常美麗的女人。我一個箭步，朝她的方向入夢。

（七）

相思鳥化身成美少女，乃源自我對電腦遊戲的印象。她留了一把微綠、明亮而柔順的曲髮，額前劉海，俏臉嬌柔，眼神流露一種仙靈之氣，微笑的時候嘴角輕揚，掀起爽朗少女的青春活力，是這種啊！從來都是「毒男系」的我，電玩世界的女神就是這樣子的。她飛到我身邊，牽起我的左手，神奇的事情就發生了，我這肥腫的身軀竟然可飄起來。

「真的可以飛起來呢！沒有一點顧忌。」

我在壓得半身麻痺的側卧姿勢中，自如地延伸兩臂，像張開兩翼，飛馳在無限的幻境中。

「阿雞，我們一起飛吧！自由自在。」相思伴着我。我們一起飛過擠迫的屋邨，飛越都市的高樓，飛掉凡人的煩音，在耳根清淨的夜空上，俯瞰這個討厭我、討厭失敗者的城市。別人說我讀書不成做工不成做賊不成做人不成做鬼不成，因為我懶我頹廢我反叛。其實是我不想為別人而活，不想成為建設一切功利價值的橋墩，強行為他人打下定義成功的基礎，否定自我想實踐的生活。

我和相思聊了一整個晚上，把我想學的知識、想做的職業、想經歷的生活都跟她說。小時候立下的志願總以為會成真，媽媽讓我學鋼琴原來另有目的，因為那是名校入學考試必定計算的才藝分數，我還以為喜歡彈琴便可以成為演奏家，這志向、這理想只是我一廂情願的天真，當時可能由於大腦分泌出過多的腦汁，形成了膠着狀態，思想都給搞亂了。後來那些繪畫班和比賽獎狀，與當畫家的理想，一同給倒進垃圾桶去；那些書法班作品和水墨畫創作跟我成為當代書畫大師的夢想，已被母親揉捏成碎片。一切有盼望的往事，僅僅是一種虛幻假設，是虛擬實景的鋪疊，「認真就輸了」已不是潮語這般簡單，完全是一種切實的形容，像失效的跌打膏藥貼，掩住身上的瘀傷以為痛傷自會散去。

我不從俗，所以要拼命飛離。

（這簡直是躲懶藉口！）媽說！

（扮清高，扮世外高人！）老師亦說！

（八）

我到底想怎樣？我到底想怎樣？

「你想怎樣？你到底想怎樣？」經理指着我，在同事面前破口大罵。

「我到底想怎樣？我到底想怎樣？」我腦裏只有這句。

「？……？……？……」

「你把出貨單搞錯了？那是大生意，一百幾十萬呀！一百幾十萬呀！你明白嗎？你一世都賺不到呀！」

最後，我在一百幾十萬的錢銀過失中失業了。

我明白，你看不起我。我是廢青。我就是這副德性，價值觀裏沒有價錢觀，無法跟拜金主義者建立身分認同。自懂事以來，錢銀已是家中唯一的溝通語言，是見證自我存在的身分證，而我卻是絕對的非法入境者，屬於世外。

我討厭與厭倦。我不想要別人在身邊，不想要錢，不想要朋友，不想要工作。我到底想怎樣？想得到甚麼？可是我不知道！

（九）

「你不開心嗎？跟我一起飛吧！」相思牽着我的手，溫暖輕柔的感覺沿掌心傳送到心臟。

我開始寧願與相思一起，只與牠聊天，想跟牠一起飛。可惜，那始終是夢，現實的我又怎可以飛？現實終歸現實。

看着鳥籠裏的相思，不是跳上就是跳下，沒半點新意。我想，奧運體操的高低槓比賽中有「單臂大迴環直體倒立三百六十度轉體」的動作。相思真的很慘，空有翅膀卻連三百六十度迴旋飛行都做不到。

突然間，我有種衝動，想放走牠。

「相思，你想逃離這鳥籠嗎？」我說。

「當然想！」牠躍到籠頂，倒吊自己，擰了擰頭，精神的白圈黑瞳醒目地看着我。

「那我現在就放你走。」我打開鳥籠。

相思飛出來站在我的肩膊上：「為甚麼？你不怕你老爸？」

「管他呢！我走不了，也不想你跟我一樣。」

「我們一起走吧！」
「我可以去哪？」
「你想去哪？」
「沒有人的地方。但怎樣去？我沒有錢。這是現實。」
「甚麼現實？想做便做！跟我一起飛吧！」
「飛？那是死，不是飛。雖然我很想變成你。」
「你會變成我的，你一定會。想像自己有翅膀，便會長出來，正如你當初想像與我對話，你現在不是懂得鳥語嗎？」
「趁我媽還在打牌，你快走吧！」
「阿雞！我會記着你的恩惠。再見。」
翅膀一展，颼一聲，相思在我耳邊疾飛而去。
今天的天空格外藍，幾片纖薄的白雲，末端散成棉絮狀，幾隻能高飛的鳥穿過，在無人又寧謐的天空上翱翔。很美的藍和很乾淨的白，「自由」二字以日本動畫卡通的典型方式登場，巨大的立體字塞爆了整個畫面——自由！

相思走了，沒再回來。我記得牠那展翅的動作，仍在腦裏徘徊不去。我也可以變成牠嗎？我開始相信牠的話，因為我確切懂得鳥語，信鴿「咕咕……咕……咕咕……」是一套完整的溝通密碼，我很快便摸透咕咕的組合意義。有些鳥比較聰明，葵花鸚鵡可以直接跟我聊天呢！早陣子，我媽見我呆在騎樓自言自語，還罵我發傻，罵我自閉，我一笑置之作罷，異能之異，豈是你等凡人能了解？

應該，肯嘗試的話，懂鳥語後的下一步，就是學懂怎樣飛！

（十）

不知不覺間，我沉迷入夢，想念相思。我幻想有一天，我倆緊擁着，在天空裏飛翔，再沒有束縛，在翅膀的交疊中，盡情地往返穿梭，享受真正自由。

「我真的可以變成你嗎？」

相思微笑點頭。

「那我應該怎樣做？」

「………」

「喂！喂！你幹麼在露台睡呀？快給我起來呀！我要晾衫呀！」我媽踢了我手臂一下，把相思趕走。也難得她會做家務，便讓她一讓。

我返回床上，鑽進被鋪繼續側臥，決定投入幻想，要化成鳥，不再做肥胖的雞。

（十一）

前晚，老爸從澳門回來，一身酒氣，肯定輸得徹徹底底。正因如此，我自然是出氣的最佳對象，加上被他發現我放走了相思，自然火從心起，一發難收。我已經關上房門，仍抵擋不住門外的怒吼和咒罵。

「你正一敗家仔，一塊爛泥都不如，一世人沒出色！我家裏沒那麼多閒錢養你這個閒人呀！你看看你妹妹，又乖又勤力，讀書成績又好，你呢？你有毛有翼嘞！懂飛啦！有種就快點飛走呀！別獻世！」

一整夜，我睡在嘈吵的憤怒之中。我羡慕妹妹，她可入住大學宿舍。那一刻，我真的很想離家出走，但我知道房門外，藤條正在兇悍守候。

走？

插翼難飛！

早上六時，老爸上班去了。我繼續入睡。被窩很暖，我像躺在千瓣羽毛上，輾轉眷戀。我想念相思，睹物思人，看着那包雀粟和那袋蚱蜢，便勾起思念的感傷。被窩裏，我繼續投入化鳥的幻想。

（十二）

相思的別離是我另一個生命的開始。

不知何時，我開始喜歡蹲着，像內地同胞的「自然蹲」。無論在沙發上、床上、上廁所甚至吃飯的時候，我都會蹲着，兩腿竟沒半點疲累，還越蹲越見有力。這是不自覺的動作，彷彿突然習慣了，肌肉有了慣性的機械記憶，即使爸媽罵我畸形怪相，仍舊我行我素，我有我風格。

蹲着，很自然，很舒服。站直身子反覺得兩腳疼痛，走路很不自在。過了幾天，我開始進化，進入雙腳彈跳的階段，像體育課堂上學會的「兔仔跳」。我享受這種走路方式，由騎樓跳到客廳又跳回房間，愈跳愈熟練。

家人認定為神經病或撞邪。

老爸狠狠的毒打、老媽萬惡的咒罵、妹妹鄙棄的白眼。

世俗真的無聊！他們不會明白我這種自在，跟他們不一樣，我的心會飛，人說山雞終有一日變鳳凰，我正等待這一日。

我已經三日沒吃飯，只躲在房間裏，蹲着。他們早已放棄了我，也責備我害他們將三千元丟在那個鬼谷子驅邪法師身上。社署職員來過，可惜排期入住精神病院需要多項手續及證明，倒不如花時間在「開枱」和「上賭檔」更好！

我樂得清靜，自得其樂！他們再沒有罵我，只是把我趕出睡房，掃我到騎樓去建立自我新國度。

一隻麻雀飛過來，看了看我，便知道可以對話：

「你們有見過相思嗎？她近來好嗎？」我給牠遞上一顆鳥粟。

牠搖頭。說不知道。還吃了我兩顆鳥粟。

「飛是不是很舒服？難學嗎？我也很想學啊！可是我沒有翅膀啦！」我羨慕牠來去自如。

「你很快會長出來的，放心吧！」

「要怎樣才會長出羽毛來呢？」

「不知道！耐心點吧！」

（十三）

一星期過去了，那袋蚱蜢和烏粟已被我吃光。未吃過的人肯定不知道，必定以為難吃。正如不喜歡吃榴槤的人，不會明白「榴槤控」打飽嗝時的暢快和滿足。

要飛，便要很大氣力。生吃蚱蜢給我補充不少蛋白質，烏粟是高等貨，維他命亦頗豐富。

雖然我的跳躍能力高了許多，但依然羽翼未豐。我有點不耐煩，想盡快飛走，浪跡天涯，遍尋相思，要怎樣做才可加快羽翼的生長？

天氣開始轉冷，我身子單薄，難擋削骨的冷鋒。攝氏八度，冷得要死，不！我不可以就此死去！要想辦法生存下去！

我瑟縮在洗衣機旁，為進化的新生命抗爭到底。媽經過，給我披上毛氈，也給我一個痛失兒子的衰敗表情：「以為自己是鳥？你何時會醒？抗爭甚麼自由？家永遠最自由，不工作，獃在家，沒人罵，給白眼而已，讓鄰居講是非而已，還想怎樣？還想怎樣？」

媽以為自己退讓了。以一張毛氈來收買。

終於，我的真誠感動蒼天。

那天清晨，我終能夠趕及在冷鋒中長出羽毛。曙光刺痛眼皮，在半睡半醒間，我揉着眼，而入眼的不再是乾裂的指尖，是期待已久的灰白翼毛！睜眼一看，一雙曲臂收在腋下，全長出豐厚羽毛來。我伸展雙翼。一拍。再拍。振翅的風聲向自由的藍天高呼：「我不是阿雞！」

我跳上欄杆，十六樓的高度微不足道，我要向更高的天飛去，相思正在等我。我，阿雞，二十四歲，事事無成，自閉自卑；今日，可以開放自己，成就是為人類進化史跨出一大步。這一大步沒有回頭，只依稀聽見我媽在十四樓陳太的家吃出大四喜而興奮得大呼大叫。

這是解脫，舊的我不再存在，新的我獲得重生。往天空飛去的一剎那，我將二十四年來的一切忘掉，沒有留戀，亦沒有值得留戀。相思的世界比這裏好上千萬倍。

（十四）

中午十二時許，妹妹回到家裏，發覺那件價值一千三百多元的灰白色羽絨被人割開了，把裏面的羽毛拔得乾乾淨淨，一根不留。對修讀會計學的她而言，着實一個極大打擊。

救護車、警車和記者採訪車紛紛到場，為我的舊驅體收拾殘局。黐在臂膀上的灰白羽毛隨風飄起，染了血紅色。

同時，在城中一角，一隻相思冷死於路邊草坡上，斷骨殘羽。

末日謊城的浮靈自白

(一)倒影

謊城的末日,源於大街小巷的路面上一個個大大小小的水窪。

一輪急風黑雨過後,水窪是一面鏡,鏡裏面是城市的暗黑倒影。當雨勢愈密,窪裏的城就愈見壯大,彷佛這種暗黑勢力喜歡被黑雨餵養,並以快速搜畫的速度逐漸成形,長高,拔地而起,穿越了水窪來到我所在的現實世界。放眼望去,一條大直路上,無數水窪種植了數不盡、看不清的黑色高樓,像千百個突然在皮膚上長出來的瘡瘤,帶有侵略性地爬行、依附、吞食原有的毛孔、細胞。

當水窪連結水窪,直接構築起一座末日鬼城,像未經證實存在的平行世界,也像科幻故事中入侵地球的外星勢力。最後,總有一個流俗的阿修羅死神，以必然的災難電影方式前來，宣告接管大地，還在失色暗啞的城市地景中強加各種顏色奪目的發光裝置，企圖掩飾來自污水和酸雨的醜陋，蓋上一塊虛偽的面紗。

我們原有的城呢？

當暗灰色水窪愈擴愈大，窪內的平行世界便愈拔愈高，不住地噬咬當前的現實，兩座城市互換，出現碎裂、重組和重疊的不規則空域異變，時間的直線和曲線呈現各式形狀的扭捏，城市的大樓、高廈、行車、草木經歷摺曲、擴張、縮小、放大，直到原本的城市被徹底吞掉。

留下的人又如何？

也沒怎樣。大家只感到一陣劇烈的頭痛，身體像被一陣銳利的風揪扯撕開十幾秒，是十幾秒而已，然後又像套上另一件衣衫般，變了「新造的人」。頭痛作嘔的痛楚僅維持片刻，便繼續立在水泥灰的世界裏，車繼續行駛人繼續行走，城市的流動在漩渦滯留一會便再次順流四達，世界分明不一樣了，卻又跟從前一樣。

當然，謊城的人都知道一切已經不一樣，清醒的和裝睡的都知道。開始有人思考留下存活和拼命逃離，或者可以試走到死神的跟前，斥喝祂滾回自己的原生窪地去。

但祂自詡主宰，接管大地的一切。

別反抗了，別費力，苟活在這個魔域時空，保命是最重要的功課，慢慢養成敢怒不敢言的習慣。

（二）謊城

「末日異境，破落死城，黑海重生，浮靈巨變。」

這句前人留下的語錄，是自我由凡人轉化成浮靈的第一天，族中的長老跟我說的。

生命的成毀本是循環，魂靈不滅便總能以另一種方式重生。凡人所謂死，只因不懂得生之真諦。凡人所謂生，也只重視形體的生；但自從我看破了後，化作凡人所謂的鬼，所謂的靈，於我，反覺自在。偶然，會因為思念生者而想回家，但大部分時候，我待在海裏，乘着潮浪，觀看末日謊城的日與夜，為活人感到荒涼，感慨良多。

原本，我活在這地，如寶石，如明珠，豈料一夜黑雨之後，黑色水窪旋起了一座暗黑的城，死神從暗黑的水鏡中鑽出來，此後，原本璀璨的大都會變成今天的煉獄，長年累月都下着傾盆的黑雨，抬頭看見的盡是暗灰死寂的天空。

我是在死神臨城的兩個月後死去的。死去的時候才知道，有一大群跟我一樣的浮靈，他們轉生了，成為人們口中的陰魂。以下，我要述說的，是我的自白，科幻嗎？説起來，我也覺得是多麼的不真實，多麼的荒誕，卻是作為目擊者第一身的真情記錄。不過，凡人愚昧，得死才得生，得生才覺醒，死神以最慈祥的假面施以控制，表面一切如常，內裏非比尋常，就如漂洗過的白衣，根本不再純白，當你認真仔細看看它的顏色，便會發現滲血的淺紅。幸好我轉生了，自由了，好讓我來告訴你關於我們浮靈的緣起……

（三）傳奇

聽說我這族群興起的速度頗快，像天外突然而來的一塊隕石撞進海裏，激起一瞬間的亂流湧浪。情侶們還以為是可以許願的流星，看着它飛入深藍的海，直沉向血紅和瘀紫的海底，還浪漫地在海邊依偎細語，說這些是許下山盟海誓的石頭，有一個動人的故事。

他們根本看不見我族人的誕生。

每當高處急墜的石頭沉到海床後，在幾十秒到幾分鐘之間，我們原有的軀殼上，頭頂位置，暗藏一厘米的竅孔，我們就從這竅孔鑽出來，形成新生命。這時，原生的殼漸漸死去，卻像初誕生的人類嬰孩，渾身血絲，連着母體（石頭），血絲散散浮浮，交融海水，過幾天，舊殼浮腫發脹，紫紫紅紅黑黑的皮肉被魚類啄咬，或遇着虎鯊一類的大惡魚，一口就是一條臂膀了。聽族人講過，如果幸運，繫着母體與外殼的粗繩子遭暗浪湧動而解鬆，外殼浮上水面，飄到近岸遭人類發現，被打撈起來進行研究，讓陸地上相識的人認領，最後火化成灰，又撒回海去，或在地上種植，看看植出哪些翠樹來，這樣……總比啄咬好吧！

不過後來的後來，就是二十多年後的今天，我族的繁衍，已經是地上世界流傳着的浪漫的流星故事了。

地上生活着的，都是我族在世的親人，聽長老們説故事，地上的世界也是風起雲湧，説過甚麼世界大戰、末日景象，最後，我們浮上海面，觀察着眼前的謊城，曾經是世界級的華麗都市，自一夜黑雨之後光華黯去，城不像城，市不像市，一切都捏在死神的手中，祂用盡了一切説謊的伎倆、愚民的手段，抽乾人們尚有智慧的血液，還為了方便管治，善用人類的浪漫根性，把我族的生命美化成民間傳説、天上神話。

慢慢的，每當高空中有急墮的石頭，人類都分不清楚，只道是為愛立約的定情信物。長老們說，這座原本有根抓緊海床的城市，因死神的謊言變成無根的浮台，故謊城之所以名為「謊城」了。

話說每到日落時分，謊城的海岸邊，延展三公里的海濱公園上，有一座米白色的女神石像，面向正值西沉的落日，幾對情侶浸沉在流星的傳說中盲目崇拜。他們不會知道，這座女像的真正來歷，他們只知道，石像旁的一塊紀念碑，碑上記載着感天動地、生離死別的史詩式愛情故事。我族的智者常說，人類的杜撰，是用來迷惑，用來淡化，用來遺忘真相。愚昧民眾熱愛浪漫，便給他浪漫，熱愛幻想，便給他虛幻的想像。其實這座女像，是二十多年前第一個出現的浮靈——我族的先祖。

說她是先祖，其實不然，我們不是她繁殖出生的。

我們是從急墜的巨石中轉生的。

但我們奉她作先祖，因她是先驅，許多族人追隨她的理忠，下場自然就一樣了。所以，我和我的族人，原本都是時空重疊的末日下，苟活的——「謊城人」。

關於她，我們都知道，那是二十多年前的一場「揭謊之役」，她不幸被黑暗死神的大軍抓到後施以極刑，赤裸裸地被處死，然後巨石纏腳，沉進海底。然而，三幾天後，在蒼白死灰的天空上，突然有一道刺眼的光束穿透暗沉的深海，照到腐爛的屍身上，讓她成了赤裸裸的聖體，以浮靈之母的姿態重生。

及後許多志同道合的義士，先後被黑暗軍團滅口（我們稱為黑雨魔軍，因死神自黑雨而來），也先後溺死在這片神聖的海域中，由浮靈之母點化，轉生成為我族的原祖。在那一段無法逆轉的歷史時空裏，浮靈一族的長老曾說：「地上的鬥爭仍未完，推翻死神極權之戰年復一年，總有一日，我們會集結足夠的怨念能力，一圓夢想。」又說：「世界在變，每天潮浪的高低不同，每天的魚群都告訴我們，世上每一片海域，都陷於亂戰當中，牠們比我族更聰明，更知道天地與海洋之間的事。」

（四）浮靈

聽說我這族群興起的速度頗快。

在謊城的歷史裏，死神總命令着行惡的人，抓捕抵抗者，擊暈或擊斃他們，繫着巨石，掉進海中。遭擊暈的，在海裏呼吸不暢猛然驚醒，極度驚慌和痛苦，拼老命的掙扎後，浮靈便出來了，這類轉生的浮靈最勇猛，必定是我族的勇士。有些族類則是奄奄一息時被掉進海中，倏地驚醒，但由於離死不遠，所以轉生亦快，醒覺時已經自竅孔鑽出，看着外殼在闇闇的黑色海床中隨暗湧擺動，像一種活在海底的軟珊瑚。那麼最舒服的轉生是怎樣的呢？就是本已遭擊斃的，無知無覺，直墮深淵，自覺醒轉生後成為了我族的智者。在過程中，他的竅孔是在墮海前開啟的，隨外殼沉進海中，一直旁觀和審視原生的軀殼，自生出一種穿透的異能力，可以看破、看透、預視和預知。

為何我提到「聽説」呢？

皆因都是——聽智者説的。

我們一般的浮靈，對身為「謊城人」時的記憶……很依稀……很模糊，或許是自然海浪的神奇能力，沖洗淘盡甚至掏空了我們的腦室，只剩下僅有兩種像植物的根，勾勾搭搭在我們的生命裏，成了我們唯二的能量光點。然而智者跟我們不同，他們木是領袖，化為浮靈後，擁有了與別不同的異能力，能看穿我們的光點，指出它們屬於原生的哪些記憶，即使在轉生後，也無法被沖洗掉，最後形成我們維生的光源。

多數浮靈的光源能量，是人類文化常提到的兩個詞彙——「懷親」和「仇恨」。「懷親類浮靈」溫和、善良、堅持、熱愛自由，也多愁善感，轉生後仍不時游走在謊城中，待在親人的身邊，甚麼都做不到，甚麼也不會做，若發動光源的能量時，人類才會看見，卻會被視作為「鬼」。除非不得已，浮靈絕不會輕易現身，只會在謊城的人間飄浮，觀察和記錄着這裏的紛亂世相。相反，「仇恨類浮靈」則不同了，他們是族中的勇士，力量強大。

（五）浪尖

是啊！聽說我這族群興起頗快。

自先祖始，至今二十多年，一眾祖輩們陸陸續續地抵抗為惡的死神，為正義犧牲，慷慨就義地與巨石沉海，化身「浮靈鬥魂」。他們的進化速度驚人，由「虛」演變到「實」，用魚鱗組成鎧甲，鯊齒改裝成武器，還以電鰻的電流發明槍械，然後游到外海，捕捉蝠魟，要牠們的毒尾刺作箭矢，闊大的鰭翼為護身皮革。

像我這類「懷親」的浮靈，是較後期才轉生的。聽智者們說，我們身為人類時，也非甚麼勇士，只是偶爾書寫甚麼，痛罵高高在上的死神，嘲諷謊城的無能和無稽，在異空末日之後，萬料不到簡單的片言隻語，也會受到牽連，在沒預想過的一天，突然給抓了去，繫上巨石，飛墮海中，呼應那一段虛假的傳說，被虛構成天上流星，美化為動人的傳奇。

那麼我呢……？老實說，我的記憶像易散的海霧，許多時候聚攏層層海氣，記憶才稍為清晰，卻又易散易忘。我給智者看穿過，為人類時，是個寫專欄的人，會寫文章、寫故事，直到一天，不知道寫錯了甚麼，便寫死了自己的人生，大概是……犯下一種屬於文字信息的罪行。

終於，前天聽說……浮靈鬥士們終要參與末日戰爭了。

他們知道謊城的戰士豁盡力，想把死神趕回地獄，在吼着黑雨的大地上力竭聲嘶：「自死神降臨之始，謊城已無完土，我們倘要存活，就得甘於給愚弄和擺佈！」

「面對神威莫犯的極權，大地上的人不怕！我們浮靈更加不怕！」長老們站在礁石上迎着白浪。

今天，黑雨狂風怒吼，在浪急風高的海面上，千千百百的鬥士們站在海港上高低翻湧的浪尖，盯着岸上霓虹不再閃耀的世界。謊城的夜晚一片荒涼，有一種死黑的寂靜，如密封的黑盒子。

一如長老們常說，這些年來，「謊城」在暗黑色的統治下，已爛得像一個發黃發臭的大蘋果。今天，謊城人知道，剿滅死神之戰已到尾聲，唯一取勝的關鍵，就在於一股肉眼看不見的勢力。

這股勢力由海而來，因我族來了！

黑暗軍團的偵察艦巡航的時候，如刀的高燈像一隻發光的眼，在漆黑的城市裏放射詭異的流光。不過，即使幾首船艦加起來的十幾隻「眼」也發現不了我們。我們，在浪尖上觀察，蠢蠢欲動，看着地上人類零星的戰鬥，已準備隨時參戰。

可我不想上戰場，或許跟從前一樣，在後方支援，默默支持。我在水底仰望着，浮靈鬥士們的背影，隨風飄飛有形無形的衣袂，如灰白的雲煙，一個接一個連成若絲帶的海霧，蒼茫迷濛間，能量光點燃起來像漁火，在霧中閃爍。「我也可以跟在後頭嗎？」我揣測智者的心思，讓一眾懷念至親的浮靈跟在大隊之後，尋回家的路。

依稀記得……我化成浮靈的一天，有使者來問我要到往生地嗎？我以為是甚麼天堂或地獄，原來不是！是轉世往生，走向忘掉前塵的虛無之地。那時候的我不懂回應，只見愈來愈多墮海而生的浮靈彌留海底，空洞洞的眼睛失了光彩，黑色的瞳孔遇水墨化，換成死魚的灰白，凝結起一塊包膜薄薄蓋着，隱約看見折射穿透海面的陽光，飄浮水裏的光柱，不禁引人遐想，似是一道讓人出走的長梯，登岸回去死前的老家。

「我不會去往生地！生，留下，死也留下。」身邊的另一浮靈搶在我前面，趕走使者。然後回頭看我，道：「我們自成一族！死不忘生。」

甚麼是死不忘生？

是眷念。是我們死後一直無法放下的在世留戀。

眷念啊眷念！是仇恨以外另一股強大的能量。多少個像我般的浮靈，憑着眷念尋覓回家的路。

在大地末世的今天，歷史學家一直在實時書寫，並起名為「謊城滅神戰役」，應該要加一關鍵章節——浮靈族的參與，戰事的轉捩點。

我們，聚攏在狂濤怒吼的海面上，黑夜漸去，天快亮了……

（六）場外

衝啊！我這族群興起來了！

誓把死神趕回去平行宇宙的另一端，逼祂歸回本來的地獄去。

地上的人已在謊城的巷戰中爭持日久。我跟在鬥士的背後，環看岸上瀰漫着蒼白的硝煙，偶然閃現搶眼的紅色槍火。熱戰之中，猛烈的火舌若瘋狂的獸，在大城之中衝搶、盲撞，國際級高樓大廈有破窗飛脫，如鋒利的刀片急墜、飄飛。

這是真正的終極之戰了。智者說。

說罷，層層起伏的白色浪尖上，成千上萬的浮靈鬥士伸頸叫囂，引來天上雷轟電閃，轟到身上，雙手一抖，牽動白浪，聚成兩柄鋒銳光劍，朝岸上的死城核心帶飄去。

天上電流，海上巨浪，兩者相接，幻化成形。這一刻，我有幸見證謊城人和浮靈兩軍連結的偉大一幕，豈能不熱血上湧？我知道，是今天了，是今天了，黑色的狂雨來了，地上開始再度積聚起無數個大大小小的水窪，倒影裏是平行宇宙的交接口，是擊潰死神的關鍵通道。

當暴風雨來襲，謊城的街巷被黑暗軍團拉起了封鎖線，槍枝連陣，嚴密佈防。可是，我們不是凡人，他們的軍械既鎖不住狂雷，擋不了暴雨，更扳不倒——浮靈。我跟在鬥士們的後頭，經過戰火狂獸抓咬過的十字路口，隱約聽見服役於死神下的軍士戰慄地說：「密雨中，我們看見了人形，卻無法擊倒實體……見……見鬼了是不是？」

我沒有追隨浮靈大軍，在十字路口的右邊，是從前回家的路向。我不善於作戰，生前只善寫文字，於是我寫，寫我的路。那時，我常跟自己說：「眼前沒有路，便動身走出來。」

今天，我走的路上，正有浮靈揮動着海旗，衝上岸來前仆後繼啊！

回憶數十年前的黑雨暴劫，科幻電影式的末日，超乎全城人的想像，同樣到了今天，時空重疊交撞的今天，荒謬的科幻片重演，化成人形的統治者萬料不到，人類和浮靈聯手，趁着當下一舉反攻。

我獨自飄到街巷深處的轉角，死寂的城如同四肢癱瘓的殘兵，瘸腿的廢車零落散亂擱置路旁，奄奄一息的梯口間傳來陣陣催淚煙氣味，幾個已死的人和垂死的兵仍舊守着己陣，分明是激戰過後的殘局。我跨過死人，朝向垂死的兵士，他已是一頭敗死抽搐的黑犬，忽地，我腦海襲來了種種屬於他們的戰爭罪行，不善作戰的我，也激動得劇烈地抖震，指頭不自然的微顫……微顫……變形……物化……聚成一柄滲冒黑色水氣的劍。

他攔在我回家的路上。

我要回家的路，在他身後十步的梯間，沒電梯的舊唐樓，老式一梯兩伙，四樓。

抬頭看，四樓向街心的是我媽的單位，她在嗎？昔日我跟弟妹吵架的日子，媽總是推開窗，從晾衫竹上取三個衣架，給我們一人一個，打完再說。偏偏，我們便又停火了。噫！我想念起他們來呢？這條攔路犬，就饒他一命吧！反正命不久矣……

我跨過了他。豈料，跨過他的一剎，一柄劍從我身後而來，毫不猶豫的穿過他的胸腹。我回頭，是一個面熟的年輕人——「阿年，是你？」

「媽呢？妹呢？」我問。

「在樓上。」他說。

「一起上去吧！」我說。

「不！我要作戰！很高興可以重遇你。姐！」年說。

我點頭，給他擁抱，一個失去了溫度的擁抱，確是久違了。原來，他在我之後兩年，也成了大海裏的浮靈。

上去吧！

告別了弟弟，我獨自登上梯級，往四樓去。

這時，我聽見城市各處傳來慘烈的嚎哭、驚嚇的怪叫，連環不斷的機槍聲轟中石屎牆壁、玻璃幕牆，像毫無章法的亂筆，在大地上亂畫，我相信，那些黑暗軍士已陷進了失心瘋狂的境地，看得見雨中的浮靈又如何？他們豈會中槍倒地？

（七）惡噬

四樓A。

深啡的大木門，防盜眼下一小片刻住「劉宅」的黃色膠片，從前鬧着玩的幾塊黃傘貼紙仍貼在門腳，沒有紕口。我是不用敲門的了。我的髮滴着水，我的臉上有淚，輕盈的飄移，腳跟着地時也滲出水來。

我是試圖扮作人嗎？站着幹麼？

媽和二妹都是中老年了。看見我會怎樣？唉！阿年又不肯跟我上來。

正躊躇間，有一隻枯瘦的手從木門後穿出來！

我倏地一驚，微退、飄飛兩尺，停留在往五樓去的梯間，突然！一個淺白的垂髮浮靈早已立在身後，死白的瞳孔漸呈清晰，道：「家姐，我和媽都等你很久了。」

對了！門前的母親瘦若枯枝，咧嘴乾笑，顫動流淚。

她們的死，原來也是幾年前的事。

我們回屋裏去，正看見一家三口，在這場戰火中慘活着。

他們看不見我們。

妻還在抱怨丈夫，說：「又滲水了，真的不知道水從何來！」

丈夫說：「別理吧！現在兵荒馬亂，管它呢！但願戰事完結，可以走，便快走。」

「你說離開謊城嗎？十年前也提起過啦！都是你，你看，女兒也十幾歲了，困在這裏等死！」一提起走，妻的怨氣更大。

我扶着老媽走到窗台上，三母女並排坐着，看街、看樓、看這座垂死的謊城，已死的我們，不知怎的，竟生出莫名的快感，格外自由地擺着腰，伴着輕快的節奏。

「你看！」妹指着大廈群之間最近岸的那邊，我們看過去——

千萬浮靈已聚成黑壓壓的海嘯，正張開吞天噬地的巨口，咬下謊城中的一座死神居住的核心大樓。

一級榮譽畢業

（一）艾爾肯

艾爾肯穿起一套熨得筆挺的淺灰色西裝，胸前掛着一條鮮紅色幼布條，懸着一面電鍍的金牌，牌上的激光刻字清清楚楚——「一級榮譽畢業」。他志得意滿的臉上，煥發驕傲的神采。站在大禮堂的頒獎台上，領過金牌，再領親手製造的「模範生榮譽盾」，然後正眼俯視台下的數千位畢業同學。就這麼一個！就這麼一個一級榮譽畢業生，他是經歷多少起跌和得失，才可以在今天，堅實地踏上臺階，獲得四星長官親自頒獎的殊遇。

幾年前，他的國家因戰亂而速亡。之後，許多人流離失所，成了難民，在中土的荒漠大地上殘活，最後流亡到了「大聯盟帝國」的邊緣，被他們「拯救」過來。

「已經沒有甚麼國了。這是共同擁有的一元世界。」有個長官說。艾爾肯定睛看着這位面容方正的長官，他身上穿着迷彩綠的軍服，鷹目藏威，肩上釘着四顆金星徽章，一派高官風範，說話平和，卻有種不怒而威的懾人力量。

他記得第一天，跟着千百個同胞，坐上巨型裝甲運輸車，穿越了旱地和沙漠，走了十多個小時，途中昏昏倒倒好幾次，最後被領頭的軍官用槍桿戳了一下才猛地驚醒，發現自己已被送進一座宏偉的「自民區」。

這裏佔地多少，艾爾肯不會有概念。眼前所見的是厚實的花崗岩磚牆，是城塔，是機槍，是鐵網，是監防天眼，是列隊和規則。每個長官的臉上，都戴着沙漠迷彩的面罩，僅僅看見他們的一雙冷眼。當時的軍士替我們分好隊列，一個一個站好，老的一列，男的一列，女的一列，幼的一列，還細分了少年、青年、中年和老年。艾爾肯已到了唸大學的年紀，被安排到青年男性的行列，聽着台上的這一位四星長官講話：「已經過第幾次世界大戰了？地球給我們毀滅多少次了？各位倖存者啊！除西方和西北方的殘弱小國之外，你們已無可居之地。獨獨在這曾被稱作中土的地上，唯一僅存的，就是你們眼前的『大聯盟帝國』。」長官邊說邊指着自己軍服上的國徽。

「我們是包容性最強的多元共同體，以後，你們的概念裏，不應再有國與國的區分，你們的國、你們的族、你們的神都不存在了，你們我們也不再細分了，我們，是我們，我們，是一家人。儘管膚色、語言、宗教、歷史、文化不同，我們都會教導、融和、保護大家。在這末日大地上的眾多『自民區』暫住幾年，學點東西，學點技能，就等如學好生存。區外，你們該知道，輻射異變的蟲獸和地球末世的強盜，都在大漠上橫行搶掠，你們啊！算是我們於人道救援大行動中的幸運兒了。」

那刻，艾爾肯慌了、急了，跟他同齡的朋友，都是一腔熱血的十六、七歲青年，大家都不甘被安排在這個所謂照顧他們的「自民區」。在眾人的腦海裏，都緊緊牢記着祖國的元首投降的一刻、國亡的一刹，全國遍地土城頹靡，烽火噬破烈日下的泥牆，敵軍殺進首都後，舉槍轟天大肆慶祝。敵方軍隊還說：「上古世代，這一片遼闊的中土，本就該加盟我們。今後，大家都是自己人。」

「自民區」內，有一撮同胞已經難掩內心的躁動，不甘眼前和現實的掣肘，暗暗地滲着一陣陣的鼓譟，開始有人嘗試反抗，在千多人的列陣後方叫嚣、推撞，試着逃跑！艾爾肯心內正自蠢動，視情況而定，可以跑的話，別回頭。「我的國亡了，我族還在。」一個同胞忽地大嚷，即時吃了兩下槍柄轟擊，倒在地上抽搐吐血！這時，男女青年和少年群眾的隊列推撞得更兇了，仿若潮浪，由暗湧到狂濤不過兩三分鐘之內……他們在喊在奔，邊奔跑邊喊叫：「國亡了，族還在。」

「我的國亡了，我族還在。」

「我的國亡了，我族還在。」

「我的國亡了，我族還在。」

隨着愈喊愈有力量的口號，不甘被大聯盟帝國豢養的這一族人忽地轉化成一支步兵團，他們未能接受國家已亡的事實，彷彿昏睡一年剛剛醒覺，發現最熟悉最安心的天地突然翻轉了，甚麼人類自相殘殺，異變巨形蝗蟲橫行沙漠，都一一拋在腦後，無法冷靜，那幾行老幼的隊列早已被其他情緒失控的同胞衝、搶、推、拉，弄得亂七八糟，孩童的哭聲，中老年人的喊聲在圍牆內迴盪，然而，復歸平靜的，還是要靠冷冰冰的機槍……

直到百多發子彈毫無差別的射進人叢，叢林之內，猖狂的猛獸被機槍擊倒，血泊之中，怯懦的族人伏着不住顫抖，看着無辜的人中了流彈受傷瀕死，僅可以怯懦地捂嘴流淚。艾爾肯的妹妹就這樣倒在他跟前，奄奄一息。他看着妹妹那雙放大的瞳孔，剛死一刻仍有眼淚流經臉頰，和着血滴在黃沙地上，他不敢作聲，咬緊牙關，閉目，強壓過於劇烈的心跳，壓止着放聲大哭的激動，卻引發起肌肉抽搐，呼吸逐漸變得微細，拼命想把自己縮小縮小像一粒不起眼的塵沙。後來，朗聲說拯救他們的長官，在一切平靜之後，站在高台上審視，亂伏地上的人和屍疊着、伏着、堆着、埋着、跪着，一小撮一小撮如雜亂的叢草，邊遠一點的伏屍零星散落，散開成一條乏力的魚尾巴。眼下千多人，已分不清生和死，都伏在炙熱的沙土上，都一樣，頭頂只有橫蠻的烈日，在這末世上的荒漠國度裏被燒滾和烤煎單薄的肉身。

原本艾爾肯仍存在幾分逃亡的意志，但在長官踏過妹妹屍體之後，熱氣蒸騰間，目測到外圍有四重鑲上無數銀鈎的鐵網，四面圍牆十六個守望塔上三十二部監視攝錄機，它們冷漠地觀賞着你的絕望。

(二) 阿米娜

阿米娜在周年表演上跳着民族舞，鮮艷亮麗的裙襬隨音樂飄動，虛影在旋轉間不禁令人目眩暈倒。台下的同學都癡迷迷地倒在裙下，艾爾肯則暗自慶幸自己跟她同班，還被安排在外語班上當正副班長，別人無法親近，他的機會卻多得很。「老師們都讚賞我和阿米娜，說我倆是今年的一級榮譽畢業生之選，長官們都會投票給我們。如果我得到這個殊榮，也許就能得到她的歡心。」艾爾肯常想着這天的到來。

她是校內的明星，是校內同學們仰望的女神，甚至是長官們推行所有政策和命令的代言人。在整座「城」，凡有電視屏的地方，都有她的錄像，有時候是她的外語歌舞表演，有時候是她給同胞的勸勉，有時候是她代長官發表的訓令，有時候是她的愛家愛國演說。

「你有沒有統計過，整座園區有多少部屬於你的電視屏呢？」艾爾肯有時會跟她開玩笑。「不知道喲！我只知有一個地方沒有。」阿米娜反應極快，看來她真的有計算過。

「是嗎？在哪？」艾爾肯詫異着，又道：「這裏營舍十六棟，教學樓四座，工場兩層，運動場館一座，戶外操場和其他球場三個，處處有你，就一個地方沒有嗎？快告訴我是哪裏？」

「秘密！」阿米娜厲他一眼，怪他追問。「下午的課，我上不了。有西方小國的使者和電視台來訪問我。」她一邊說，一邊把同學的外語功課交給艾爾肯：「你的外語學得很好啊！聯盟歷史課的成績也有進步。請繼續努力吧！我先走啊！」

艾爾肯笑瞇瞇地欣賞阿米娜的纖纖背影，能跟眾人的女神説話，還得到她的鼓勵，已經是今天最豐富的禮物。不知為何，在阿米娜的身上，總有一種使人着迷的特質，每一個人都關注她，被她盯上一眼，心神頓時給她奪了。

「秘密……女神的秘密……有趣有趣！」艾爾肯忽地滿腦遐想。

（三）奧斯曼

身為「自民區」電視台的首席導演，奧斯曼一大清早來到會客廳，打點攝錄機和燈光的擺位，化妝師、編劇、助理也要應他的要求，預早到達拍攝現場。

「兩支燈在這邊，一支人像燈在側面，不不不！移到在四十五度去，比較光亮。」奧斯曼指點着助手，負責接待外訪者的長官們都在校門外打點，拍攝現場只有一位二星級的長官照顧着，但他不是拍攝的專才，只是現場權力最高的一位，奧斯曼所有的決定都要經他首肯。

「奧斯曼，你今年畢業了。這是你最後一個作品吧？」二星長官問。奧斯曼深深地呼一口氣，點點頭，充滿熱誠和禮貌地回應：「五年了，今年最後一個節目就是這個。一定要把阿米娜拍得漂漂亮亮！」

二星長官面帶嘉許的微笑，拍拍他的肩頭，讚他的外語說得不俗：「奧斯曼，你的外語說得挺好，跟我一模一樣。哈……我的母語確實是難學的，但你也學得很不錯，相信畢業後，『大聯盟勞工局』會給你分配到電影電視的工作崗位去。唔……我或許也可以推薦一下。」奧斯曼擦着手掌，恭敬地合十，雀躍起來，請求道：「我腦裏有許多想拍的題材呢！如果得到長官的推薦，實在太好了。」

二星長官打趣道：「大導演，想拍甚麼嗎？」

「唔……阿米娜當女主角，拍一套我族興亡和得到救贖的電影。」奧斯曼的臉寫上理想兩字，卻換來了二星長官的三秒沉吟……「奧斯曼啊！救贖就可以了。救贖可以了。」又道：「給你推薦到帝國電視台沒問題，只要你得到一級榮譽畢業，一切都沒問題。」

「唔！該沒問題！沒問題的。」奧斯曼答應着，轉身走向阿米娜身邊。他的女神，眾人的女神——阿米娜呀！今天的妝容要特別美，最高級的四星長官下達命令，要讓國外的記者團和政要嘉賓驚艷一下，看看我們這一座滿有關愛的「外族自民區」是多麼的專業，多麼的高質素，絕對是大地荒漠之上，千百個廢都之中，獨一無二最最優秀。

「自經歷末日戰亂之後，地球啊！瘡痍滿目，被亡的國，被滅的族，數之不盡，幸好我們『大聯盟帝國』得天所幸，在這一片最後的中土歷劫重生，也因我們的仁慈本性，救活了這大片赤地的亡國族人。說來甚長，遠至幾世紀前，這一帶都曾是我們的管治範圍，不過都是歷史了，現在別說管治不管治了，我們都講共融。他們這一族很慘的，國亡戰亂教他們流離失所，在萬里荒土之上失了靈魂，也失了寄託，不過，為了讓他們振作，我們就選址在此，在這廣闊的荒原上，建起了十八個『自民區』，好讓他們忘記傷痛，　家親、一家親，好好學習成長。説真的，以我們『十一號自民區』而言，確是五星級的優秀水平呢！」

長廊的回音不徐不疾，響起了四星長官對這裏的讚美，禮堂內眾人都朝大門外引頸一看，長官們已領着一眾來自西方小國的來賓進來。

「愛育教化，聯承國德」，一名外國記者舉起照相機，對焦舞台上八個字的「自民區訓語」，然後好奇地問：「這裏的國德，是説這地原族民的國，還是貴國的呢？」

四星長官沒回應，僅僅微笑點頭，身旁的三星外交官已代為回答：「地球上，末日戰亂之後，這已是我國的國土，匾額上的『國』，當然是指『大聯盟帝國』啦！」他輕輕指着胸口，再自信滿滿地用一根食指，掃射式指向場內十幾位學員，當中包括奧斯曼和阿米娜，還示意他倆上前來，道：「你們可以問問這兩位學員，他們都是學生代表，是今屆一級榮譽模範生的候選人。」

二星長官陪伴在側，三兩位記者趨前兩步，正面看着兩人，後面也跟來了拍照的記者，外國使節則站在四星長官身邊閒聊着。「你們的國家被滅了，有甚麼感受？」記者問。

「多謝這裏的長官們收留我們，教育我們，讓我們有家的感覺。」阿米娜熟練地回應，也熟練地揚起感恩的笑容。

「但你們的國不是被他們所滅嗎？難道你沒感受？」另一記者追問。

「我想你搞錯了。我族之亡，是人類互相攻伐的罪，我們也做了許多壞事，而我們一直都不知道，也沒自覺。加上輻射異變的荒漠蝗蟲橫行，確實令我們飽受折磨。幸好他們前來解救，重新教育我們，讓我們重回正確的道路。」奧斯曼堅定地回答，眼神如移不動的磐石，跟阿米娜互望一笑時，兩人心中默契連線。

「我已準備了一套由我拍攝的校園介紹短片，待會播給你們看看。現請先就座，看看女神阿米娜的歌舞表演。」奧斯曼非常主動，猶如主人家般招待長官和外賓坐到舞台前座，工作人員已各就各位，打燈的打燈，拍攝的拍攝，管音響的管音響。

當舞台的燈光緩緩調暗，阿米娜已在台上站好，待樂聲漸起，如夢似幻的燈光映照，舞動的人影已跳進活潑喜樂的樂曲中。奧斯曼盯着攝錄機，心神都被奪去，轉念在想：「二星長官安排了，待會可以單獨見面，實在太好。」

（四）艾爾肯

木工工場佔地八千尺，工作枱、工具儲存櫃、木材貯存室、木作模型展覽場，櫸木，杉木，榆木，樟木，柳木，樹枝、樹幹、樹根……都是一個加工樹木的世界，都是一個被砍被鋸後的木材墳地。

艾爾肯和同學艾沙是木工組組長，協助處理所有進入木墳的爛木，由貯存到分類，由分類到分工，斷木和蛀木都得以「重生」，投入有用的市場。

「聽過…『朽木不可雕也』這遠古神國的古語嗎？」監場的二星長官跟他倆說道：「博大精深啊！你們要是學一世，也學不完。」

艾沙已習慣了這位二星長官喜愛吹噓個人才學的性格，唯唯諾諾點頭陪笑：「老師在上外語課時有提到，還笑我是朽木呢！哈……」

「不不不！你的老師也錯了，豈止是你？是你們。否則進來學習幹甚麼？」二星長官語帶奚落，一臉鄙夷的態度，艾爾肯識趣地給他點一根煙，奉承着，道：「長官，我們愈雕愈精的，放心！」又道：「你看！今年的一級榮譽畢業的『模範盾』，我們雕得多精細！」他提起前天剛製成的模型，摸摸上面的紋理，想像自己在下個月的畢業禮上，接過這面一級榮譽畢業的嘉許，接受同學們的掌聲，絕對是人生的最高峰啊！來這五年，為的就是它！

二星長官湊近半步，指住艾爾肯的臉面，在他沾黏木屑的鼻頭上戳了兩下，冷哼一聲，道：「模範生，得一個！一級榮譽盾，得一個，全校十二個一星長官，八個二星長官，四個三星長官，兩個三星副校長，一個四星校長，共二十七張票，你拎得多少張？」又道：「今屆的畢業生，排名最前的十位同學中，你排第三，前面的奧斯曼和阿米娜，拋離你很遠很遠，所以……你啊！現在摸摸模型，就當得獎好了！」

二星長官一邊說一邊吐出煙圈。艾爾肯凝視着煙圈向外圍的鐵鉤網飄去，闊闊的藍天上一條鬆鬆散散、絲絲線線的白色長雲，不知怎的，他竟聯想到自己手背上的智能心眼儀，然後輕輕摸它兩下，深深吸氣，下定決心來：「將來畢業之後，這個『心眼儀』一定會有我的『一級榮譽畢業』認證。」

「光想不行！要有辦法！」身邊的艾沙早已看透好友放得遠遠的目光背後，正醞釀一些甚麼。

待二星長官離開後，艾爾肯再次摸着「榮譽盾」的模型，喃喃自語：「我不像奧斯曼般有才學，也不像阿米娜般有美色，但我擔當最多的組長崗位，我對大聯盟最忠誠，理應由我得到這榮譽，將來靠着它，才可被分配到最賺錢的工作崗位。我們的國歿了，往後要靠的就是自己，我不要被分配到勞動的工作單位，沙漠大地已死，要靠自己。」

「兄弟！二十七張票，賺到十五票就夠。」艾沙說話的同時，給他遞上一張又黃又皺的紙條。「甚麼來的？」艾爾肯打開一看，登時一怔！

艾沙乾笑兩聲，道：「哈！哈！剛才你只顧仰望天空，仰望有個屁用！長官把這張捏皺了的字條丟到地上，然後跟我使個眼色，指着它，又指着你。」又笑道：「這字條就肯定有用，是神的指引呢！」

「紙條上寫了甚麼？」

艾爾肯輕鎖眉頭，頃刻變得深沉，像被一抹濃雲罩着，叫艾沙無法看清楚眼前的他，只能大概探索，才驚見那一張臉那一雙瞳，倏如一泓灰灰暗暗的深淵，直至半分鐘後，才見他用左手捂着嘴，嘗試遮掩古怪的笑容，卻無法按捺因興奮而微顫的手背，艾沙好奇追問，他才止住自己的輕狂，重重呼一口氣，臉上忽然發光似的，拍拍心口，道：「艾沙！畢業以後，我罩你！」

（五）阿米娜

阿米娜的裙襬幻化成百隻粉蝶，隨旋轉的舞姿拍動翅膀，一時間，大禮堂裏，阿米娜的看家本領．著名表演——霓裳蝶舞，已迷倒了在場所有觀眾。外國的來使和記者們都被攝了魄、奪了魂，除了無意識地按下照相機的快門外，就只剩下目瞪和口呆。

待表演完畢後，如潮浪的掌聲由衷而發，四星長官朗聲讚揚阿米娜的神奇舞技，更向來賓表示：「十八座自民區，唯我這座，有此等非凡演出。」又做一個歡迎手勢，道：「來！我們到會議室去，阿米娜正準備接受你們的專訪。」

會議室的佈置充滿民族風，房間的主牆中央掛着一幅匾額——「國德育我，優秀人品」。阿米娜正坐在匾額之下的一張長枱後，枱面鋪上一幅白絹布，上面立着一枝咪高峰，兩旁都打着白光，錄影機也架好了角度。傾慕她的奧斯曼親自調度燈光，兩人互望着，心中有了共識——今晚要偷偷一聚。

許多人都不知道阿米娜和奧斯曼來到「自民區」前的事。他們也不張揚，亦不可能張揚，「自民區」嚴禁談戀愛是三大規條之一，一經長官們發現，不但被逐，還可能承受很多痛楚。兩年前就有過一次，男的被放逐到荒漠去，萬里黃沙，水無一滴，女呢？給殘酷的手術蹂躪後，會被放逐到荒漠的另一邊。這是何等痛苦呀！在「自民區」的地理學課堂上，老師提及過，經歷多次的大戰亂後，這星球幾近不可住人，僅有的大國才有能力建立起防輻射的「保護人類居住區」，其他地方？體無完膚了，地上除了荒漠，就是繁衍更多奇珍異獸的大海。「這本是人類種下的禍患、埋下的孽根，核子輻射改變了地球，荒漠蝗蟲長得比歐洲人還要高大，所吃的已不只是穀物了。」老師再說：「如果不是國家拯救你們這民族，帶你們進來。好可能啊……你們早已被異種殺人蝗吃掉了。」

都該感恩！有命存活在這裏的人都該感恩。雖然他們不人知道外面世界的風景，也不曾真實地看見過，有時候，到鄰近的自民區作交流時，才會乘坐運輸工具到外面去，果不其然，真的一片枯黃色的沙漠和寸草不生的旱地。

「住在這裏，你有甚麼感想？」國外的訪問使者拍下兩張阿米娜的微笑。

阿米娜大方得體地回應，趁機也掃視一下秘密情人奧斯曼。她道：「很好，很受保護，很安全。外面世界太可怕了！」

「你怎知道外面世界很可怕？」另一訪問使者笑着問。

阿米娜的目光似乎無法在奧斯曼身上移開，但奧斯曼故意別過臉，刻意提示阿米娜別盯着他看。使者又追問：「你怎知道外面世界很可怕？」

「這裏有電視看啊！有電台報道啊！而且歷史學和地理學的課堂有教授過。」阿米娜認真地説，還給使者們一張裝害怕的可愛表情。

「那你沒有機會離開這裏，出外走走看看？」訪問使者又問。

「噢……這豈是要我的命嗎？你知道外面有許多異獸在荒漠橫行嗎？被殺人的蝗吃掉頭顱怎麼辦？在這裏有同學、有朋友、有長官保護不是很好嗎？活得自由自在，畢業後又可以被分配到工作崗位，結婚生子，快樂生活。」阿米娜説着的時候，正幻想畢業後，可以跟奧斯曼正式交往，笑起來特別甜，又引得使者們爭着拍照，問道：「這裏不是有很多規條要遵守嗎？怎麼會自由呢？」

阿米娜看一看三星和四星長官的面色，知道仍是許可回答，便微笑回應：「規則，當然要遵守，自由是在規則之後，沒了規則，叫放任，不是自由。自由是依循規則的，否則會亂。在這裏，我們有選擇的自由，有活動的自由，有宗教、閱讀、寫作的自由，從來沒有不許這樣、不許那樣，只要跟從規則就活得自在了。」

「真好啊！真得很開放呢！」使者大力點頭激讚。阿米娜也跟着點頭，道：「圖書館的書都是長官們送進來的，還規定我們一定要好好閱讀。我們的民族歌舞配合長官們寫的歌詞，簡直天衣無縫。」

「聽說你今年畢業了，還是高材生呢？有想過出路嗎？」使者問。

阿米娜腼腆一笑，轉向長官們，禮貌道：「不久便正式畢業，唔……希望得到一級榮譽畢業！」她看了奧斯曼一眼，也瞥見四星長官正看着她。

使者問：「一級榮譽畢業好重要的嗎？是最高榮譽？」

「當然啦！一級榮譽畢業的話，可以自由選擇將來的工作崗位，也有房子送給你住，生活會好好的。」阿米娜説罷，剛好訪問完結的鐘聲響起，長官們便邀請十幾位使者到另一處參觀去。

（六）艾爾肯

整座「自民區」的面積如十個標準足球場般大，老實説，在末世荒漠上，這地不過一點，在大聯盟帝國的版圖上更直如一粟。然而這一小小區域，住上了幾千人，都是曾經的少數族裔，在曾被喚作中土的板塊上生活。根據末日大戰後的帝國官方記載，中土這地區出現了變種害蟲，肆虐荒地，殺害人類，只有僅餘的、足夠強大的帝國能抵擋和消滅，並建立無數自民區，如保護罩般護着不同的族群，可惜他們因為民族情緒問題，不肯順服，不肯歸化，於是只好強拉進來，希望透過教育和愛心感化他們，把他們強悍的沙漠性格柔化，當中有老有少，有因戰亂或鎮壓而殘弱，有因反抗和爭鬥而戰死，存活下來的，最終都願意在這裏生活，直到老死。他們笑說，在這裏生活，才叫真正的原住民。

四星長官是外交高手，領着外國使團一邊走一邊說，也叫身旁的助手展示許多「荒漠殺人蝗」的照片，說明帝國軍人如何殺蝗救民、英勇領導等事跡。不知不覺間，已走了好幾百米，來到了艾爾肯的木工場地區。

長官們一到，學徒們紛紛停下手上工作，列好了隊，十三行，每行五十人，精神抖擻，跟長官和使節、記者們打招呼。高度自律、高度有禮、高度守規，是自民區所有工場的三高標準，作為有機會競逐「一級榮譽」的艾爾肯當然站在第一行的首位，三星長官跟他示意，讓他站到台上，向同學們宣佈解散，重返崗位學習和工作，現場的記者也游走在場區內，自由拍照，拍了不少特寫，也跟現場的導師和同學有說有笑。

三星長官輕拍艾爾肯的肩膊，語氣既溫馨又關懷，問了他幾條生活題，好讓外國使者了解到，在這裏生活何其安穩和美好，不再孤苦無依、流浪沙漠。艾爾肯很高興獲得長官的訪談邀請，好像被神選中了一樣，榮譽感如溢滿的井，口若懸河極盡賣力地唱好。「逮到這次機會，要好好把握！」不過，在他一輪愈來愈離地的吹捧後，外國使者的眉頭愈來愈緊，還向他問到工場生活外的事。

「艾爾肯先生，很高興認識你。我是國際記者聯會代表，我姓鍾。你好！」

「鍾先生，你好。」艾爾肯用流利的外語回應，借機表現他學習的優秀成果。

鍾先生關切的問：「在這裏工作、學習和生活，感覺如何？」他又笑道：「當然跟你以前流離荒漠的生活比較啦！」

艾爾肯應對的反應不及阿米娜，思考了幾秒，待心中認定的答案足夠穩妥才回應道：「這裏很好。我們來的時候，又餓又傷又病，很多人的生活都很窮，但得到偉大帝國的保護、教育，生活才好起來。」

忽然，有另一位跟艾爾肯長相很似的外國使者插話：「你好！我是自由之都的國際代表，我的名字跟你很似，我叫艾爾萊。」

「你好！」艾爾肯禮貌地跟他握手。

艾爾萊道：「我也來自荒漠國土的。屬早期被國際組織拯救離開的一群。哈……年紀都比你大許多啊！」艾爾萊説話的同時，身邊的記者已舉起照相機拍攝。他指向工場的二百米外的水泥牆，牆上是守衛塔，塔的延伸、牆的頂端都是一卷卷佈滿鋒利鋼鈎的通電鐵網，豎着看，好像一條通了電流張牙舞爪的龍捲風。艾爾萊關切地問：「你們活在圍牆內，不想到外面看看嗎？」

艾爾肯登時微縮起身子，輕退小半步，一臉驚詫，完全料想不到有人會問劇本以外的問題。「怎……怎不跟劇本走？不是事先預備好了嗎？長官都沒有教導過，該如何回應這個提問？」

眾人都等待艾爾肯的回應……

三星長官眼見氣氛怪異，凝結起一道僵冷的氣場，生硬地乾笑兩聲，上前兩步，打算開腔解圍，再領使者們到另一邊的工場去。豈料艾爾肯終於運算出答案來，還醒目地回應，超出一眾長官的意料。

「這些圍牆……」他用外語回應，卻立即被艾爾萊截住：「大家都是同鄉人，用同鄉話吧！大家都帶了翻譯官來，沒問題的。」

「有……有問題啊！」艾爾肯再次面露難色，心忖：「這……這地方不許講『鄉語』。」

「唔……呀……這個……自民區的規定……不講鄉語。」艾爾肯還是用外語回應。

「為甚麼呢？鄉語又是甚麼？」艾爾萊用彼此懂得的母語問。在旁的長官們聽不明白，只懂盯着艾爾肯……

艾爾肯還是用外語，努力嘗試大方得體地回應：「鄉語即是母語，但長官都鼓勵我們用他們的語言，因為大家都是一家人，都是帝國的同胞，是一家親，將來畢業，離開這裏到不同的工作崗位去，說得一口流利外語是很重要的。」

「長官們的臉容寬許多了，謝天謝地！」艾爾肯吁口大氣，看見長官們的反應，才確定放下心頭大石。

但艾爾萊還是窮追着，問：「你不覺得活在圍牆內很壓抑嗎？不想到外面看看？」

艾爾肯的信心來了，指着樓高十層的圍牆，自豪和自信心爆棚，道：「其實你誤會了，這是保護我們的防護設施，你知道嗎？荒漠殺人蝗能躍能飛，但因進化問題，進化得愈似人類，躍飛能力愈有限制，牠們要殺進來，最多只能直線彈飛四層樓高，雖然牠們能爬，穩固立足後再彈上去，不過這圍牆通了電，又有機槍陣，足以抵擋牠們的侵略。」他頓了頓，又道：「……這裏的校規雖多，但都為我們好，只要不違反校規，你愛怎樣生活都可以。」

艾爾萊聽着失笑，道：「你們好像不許男女有交往，談戀愛之類……呀！對了，你有見過殺人蝗嗎？那麼肯定牠們存在？」

「談戀愛就當然不鼓勵了，這妨礙學習，畢竟這是學校呢！畢業才算吧！

國家會安排的。」艾爾肯道。

「殺人蝗呢？你活在荒漠時見過嗎？」艾爾萊的嘴角因失笑歪成一個古怪的角度。

艾爾肯沉吟片刻，努力地在腦海中搜尋零碎的片段，當時他還是個十一、二歲的少年。可是，他的腦袋存庫找不到相關的碎片，模糊又頭痛，依稀記得「殺人蝗」的前臂有若鐮刀，還能像機槍般彈射甚麼可怕火藥，背上的薄翼顫動時發出陣陣聒噪，尾端有紅色星狀紋理，卻又不太肯定，跟自民區的教科書和視頻不同，是因為進化問題嗎？說不清楚啊！

「唔……殺人蝗在我們的課堂上有圖片和視頻，還有一些是……曾經在這裏犯了大過錯，被罰流放在外時，殺人蝗忽然現身擊殺的畫面，很恐怖的！」

「你沒親眼見過？」艾爾萊皺眉頭，裝起一副緊張又害怕的表情，配合艾爾肯的描述。

艾爾肯搖兩下頭，還以為自己很幽默，打趣道：「要是我親眼見過，又怎能在這裏接受你訪問？早已被吃掉啦！哈……」

（七）奧斯曼

剛完成了阿米娜的訪問拍攝，奧斯曼收拾好現場的器材，跟工作人員各自回到其他工作崗位去。「回頭見，今晚長官請我們吃飯，別忘了啊！」副導演提醒奧斯曼，又道：「你別只顧待在工作室搞後期剪接，小心阿米娜把你的魂攝了去，長官的飯局很重要啊！你看，我的『心眼儀』外圓環亮了綠燈啦！」

副導演説着的同時，也指點着奧斯曼的右手手背，然後又在自己手背上的圓形裝置輕輕一點，那是黑曜石色的鋼化玻璃錶面，薄約一厘米，是軍用級別的高科技通訊器，具最高規格的防撞和防水功能，所有自民區學員都規定配戴。

奧斯曼記得，當被「大聯盟帝國」拯救，送進校園的一刻，第一時間被安排到「淨化關口區」，先進行心思淨化，將思想不純正，有機會反抗或不肯接受教育的人送回荒漠去。餘下的人，願意接受救援的，就要換好校服，通過身體檢查後，裝上這個被稱為「心眼儀」的裝置。這裝置是「帝土科技公司」的巔峰之作，堪稱「人體科技之藝術結晶」，它的底部有「生化接合點」，像昆蟲的小爪，咬緊手背，插進皮層，烙下編碼，還會有一組程式接駁神經，好讓這區的長官們管理你的生活，傳達日常的通訊、監管上課的地點和時間，以至工作的崗位，一切一切，都顯示在這圓形裝置上。而且，這也是校規賞罰機制的執行手段，它的錶面外，有一發光圓環，亮紅燈屬違規，長官們會有警告和處罰，亮藍燈屬正常狀況，亮黃燈屬嘉許狀態，會有特權優待，亮綠燈則是大獎賞，可獲長官邀請到貴賓廳，吃、住皆是國賓級別。

「你別錯過大好機會！這次是大獎賞，四星長官都在，在他面前，好好爭取表現，向一級榮譽畢業邁出一大步！」副導演給奧斯曼一個堅定的眼神、鼓勵的拍掌。

奧斯曼還他一個感激的微笑，豎起大拇指，堅定地點頭：「今晚見！」說罷，便逕自回到電影工作室去。他邊走邊輕輕摸着手背上的心眼儀，亮起的綠燈格外耀眼，經過課室和工場的時候，讓其他學員看到了，無不兩眼發光，好不羨慕，也不禁令人心想：「高材生果然與眾不同，如果有一天也能像他一樣，實在太好了！」可沒有人明白奧斯曼的內心世界，此刻的他，甚麼貴賓飯局都不重要，在一級榮譽和阿米娜之間，他已選擇了。任心眼儀的綠光刺眼得像頭頂的太陽，亦不及阿米娜還他一個天使般的微笑！

他愈走愈輕快，心情舒暢猶如清風中的一片自在的葉。眼前不夠六、七十步的電影工作室裏只有一人在等他，那是一個秘密的約定，在不久之前用眼色交換下的約定。

距離長官的貴賓飯局還有三小時，太足夠讓一對情人相聚了。

「多謝二星長官的幫忙啊！他是大好人呢！」奧斯曼心忖。人已箭步搶到工作室門前。門前的兩部監防天眼，不知是突然失靈還是怎樣的，竟然同時斷了連線，好讓一個不該出現的人，在樓梯轉角出現——二星長官。

「她在裏面了！快去吧！但別誤時啊！」二星長官的語氣平淡而冷靜。

奧斯曼回望，只大力地吐口氣，堅定地點點頭。

奧斯曼早前承諾過二星長官，要把他當作透明於人間的使者。

奧斯曼還實踐了，把自己在住校區賺到的薪水轉贈給他。

最後，奧斯曼更立約表明，兩人之間，不論誰得一級榮譽，將來都要把畢業獎金全數送給他。

唯一條件——每月兩次的二人短聚機會。

「兩小時半之後，這兩部監防天眼會重新連線啟動，好自為之。」二星長官說罷，隱身在梯間暗處，活像人間鬼影。

（八）阿米娜

接待貴賓的長官府第在自民區的中央，是一座傳統古典的帝國建築物，前院、中庭、後花園和東西廂房，走進去如走進時光隧道，回到輝煌的遠古帝王時代。阿米娜被帶到這裏的時候，頓時感覺到自己升格成昔日的王妃般，心忖：「在國家歷史課堂上看過的宮廷紀錄電影，原來是真的。」

她被安排穿上一件傳統阿拉伯舞孃的紫色紗裙，外披一件白裘，曼妙的步姿如舞步，遠遠瞧見大飯廳上，四星長官身旁空空的座位。

「荒漠夜涼，先暖好自己身體！」跟奧斯曼交易的二星長官跟在阿米娜的身邊。又道：「我吩咐奧斯曼十分鐘後才到，你先上座吧！知道要坐到哪裏嗎？」

二星長官見阿米娜冷靜地點一下頭，便放心道：「將來最好的工作，不是一級榮譽畢業可分配到的。你知道嗎？讓你的小男友得到一級榮譽，要懂得付出啊！可知道將來他可以選擇更好的生活、更好的工作，你畢業後才跟他在外重逢吧！」

阿米娜很明白，眼前是最佳時機，她盯着四星長官，瞄準，艷光若箭疾射，她心忖：「他是首選，只得十分鐘，要快！別讓奧斯曼知道。」

飯局上，奧斯曼和艾爾肯都在。兩人是競爭對手，不甚交談，但也共同目不轉睛地望着阿米娜。宴席間，四星長官待她殷勤，阿米娜表現受落。老實說，奧斯曼算是個人物了，能忍人所不能忍；相反，艾爾肯看在眼裏，極度不忿，心知道「一級榮譽畢業」的寶座，不再屬於自己了。

（九）艾爾肯

「怎樣？借詞上廁所這招不能用太久啊！」二星長官被艾爾肯拉到後花園的暗角，輕佻的笑容點起艾爾肯的火。

「你給我的，是不是？」艾爾肯遞上又黃又皺的紙條，攤開來，一小段模糊了的鉛筆字。二星長官詭譎斜視，嘴角一揚，似笑非笑，揚一揚眉又聳一聳肩，狀甚不在乎，道：「我也是小腳色。賺錢而已，各取所需。」

艾爾肯緊張得有點口吃，急忙收起微顫的手，不讓二星長官看見。長官輕拍他的肩，安撫他道：「艾爾肯，你是第三選，席上有份投選的長官都沒看你一眼，你只是一頭勤力的笨牛，要他們投你一票，只有三條路，一是美色，你沒有；二是錢財，你不多；三是詭詐，唔……我看啊！也沒有。」

一級榮譽畢業，「大聯盟帝國」會給你安排最高級別的工作崗位，住最高級別的宿舍，可以跟異性交往，薪水必然是同輩最高，晉升為組長的時間最短，往後的人生一定最美滿。

「我在這裏工作賺到的，到畢業時會轉讓給你。將來得到的薪水，定時分三成給你。如何？」艾爾肯開出一個二星長官想得到的條件。

二星長官開懷地笑了兩聲，嘉許兩句，又告誡他，道：「偷拍的影片會傳送到你的『心眼儀』。怎用，你自己決定。但你別食言，別張揚。這件事，有利益的不止我一個，若你不守諾言，我可不負責。」

「你怎拍到的？」艾爾肯好奇地問。

二星長官乾咳一下，道：「整座校園區的電視屏和監防天眼無處不在。那些視屏，除了播放阿米娜的影像外，也是一部廣角監控屏，但是啊……只有一個秘密地方沒有。你道在哪？」

艾爾肯記得今早才跟阿米娜聊過這話題，當時她笑着說是「秘密」。

「是電影工作室，那邊只有兩部監防天眼，正對着工作室的大門，而且建築問題，那裏轉角多，牆的面積小，安裝不了大型監控視屏。不過……嘿嘿……工作室裏頭的天花安裝了天幕鏡片，豈止用來拍攝特別效果？」二星長官怪笑着，指住艾爾肯的「心眼儀」道：「等着瞧吧！包你大開眼界！嘿……」

「我可以多問你一句嗎？」艾爾肯牢牢地釘在地上，渾身僵直，移不了半分，卻有一條關乎生死的疑問。

二星長官停下腳步，背着他。「問吧！」

「為何選我，不選奧斯曼？」艾爾肯一直都在跟奧斯曼比較。

「啊……唔……因為……你最在意得獎喲！這樣的人幹起實事來，最夠狠勁！」

（十）阿米娜

四星長官在宴席過後，安排奧斯曼和艾爾肯入住東廂的國賓房間，兩人被帶走時，奧斯曼回頭看了阿米娜一眼，期望她回一個帶信息的眼神，可惜，阿米娜清楚知道，當下自己想得的是甚麼。她心忖：「為了將來，奧斯曼，請原諒我。」

那夜，四星長官在她的西廂貴賓房間逗留到清晨六時。「想要甚麼嗎？」長官坐在縫上金線的絲絨沙發上，斟了一杯紅酒，問：「在這裏住三天吧！可以嗎？」

阿米娜整理一下闊長的白金色薄袍，主動依偎在長官身旁撒嬌：「可以呀！你喜歡就行。但……我想……請求……」

四星長官以為猜中她的心思，笑道：「想要一級榮譽畢業？」

「不！」阿米娜嬌柔得像一隻小貓，道：「我只要長官陪我就好。那一級榮譽畢業的獎項，給奧斯曼就行了。」

（十一）艾爾肯

國賓房間有一台大電視，旁邊有一個直接駁上「心眼儀」的米白色裝置。那一晚，二星長官傳送給艾爾肯的「偷拍片段」，清清楚楚看見奧斯曼和阿米娜，嚴重違反了「自民區」的規定，必要承受最高的審判和極刑——放逐荒漠。

艾爾肯沒有好好睡，他糾結在出賣與否的關節眼上，不斷重放兩人的片段，心忖：「阿米娜跟我總算是朋友，我雖和奧斯曼是競爭對手，但真的有必要這樣加害他嗎……」

轉念又想：「一級榮譽畢業的美好將來，一級榮譽畢業的眾人掌聲，一級榮譽畢業的超級待遇……而事實上，他倆真的做錯了事，犯了規條，我不告發他們，是知情不報，也會受到牽連，還損了『自民區』的聲譽。唔……做了錯事，一定要承擔後果，長官們都這樣教導，就算不是為了這個獎，也應見義勇為，向上級舉報。」

清晨六時，他撥了一通緊急通訊電話，二星長官接聽，假裝首次知悉，展露預先排練好的驚訝和震怒，正式嚴峻處理，向上級報告，揭發兩人犯下重罪，急召危機會議。

（十二）奧斯曼

他也沒睡。

房門外的軍士輪流值班，交接緊密，令他無法偷到時間空隙，跑到西廂去看阿米娜。

「阿米娜在幹麼？我彷彿聽見她和四星長官的笑語聲，不會吧！阿米娜別蠢到用自己來交換一級榮譽獎項啊！我可以退出的，把這榮譽讓給她！」又忖：「那個四星混蛋！一晚下來，飯也不吃，就借機親近阿米娜，如果我有手槍，早該轟爆他的腦袋！」

清晨六時，天漸亮，手背上的「心眼儀」仍亮着醒目的綠燈。

但早餐過後，九時十五分，「心眼儀」的外圓環忽地由綠轉紅，亮起刺眼的血紅，同時他的房間大門忽地自動反鎖，一股微電擊自手背傳來，登時叫他全身痙攣抽搐，痛得面容扭曲如一張捏得極皺的廢紙，直到一分鐘後，完全昏過去。

（十三）阿米娜

清晨六時，阿米娜跟四星長官多聊一會，豈料七時半左右，長官收到急電，召開會議。直到晚上，長官回來，面色變得極冷，一言不發，不動聲色，跟阿米娜一起共晉晚餐。然而，阿米娜的內心異常不安，心跳既急且快，忽地冒着冷汗，卻不敢直接提問，只好重施撒嬌故技：「是我服侍不周到嗎？你待我很冷淡啊……」四星長官沒理睬她，一整晚，阿米娜在不安中熟睡。睡前，她喝了一杯長官要她喝的水。

翌日的清晨六時，阿米娜在一陣劇烈的刺痛中驚醒，竟發現自己躺在冷冰冰的手術室裏，四肢被緊綁，無力發聲，睜着眼看見許多醫生和手術工具，正搞弄着自己的身體。長官呢？長官呢？為甚麼？為甚麼？

（十四）奧斯曼

外國使者問過艾爾肯，有沒有真正見過荒漠上的「殺人蝗」。艾爾肯說沒有。

日出時，金黃色的晨光灑在延綿無盡的沙丘上，沙丘起起伏伏高高低低，奧斯曼被日光刺穿眼皮，驚醒來時，就在窩下去的沙丘中央，遠看像一隻燒熱了黃沙的古銅色砂鍋，鍋上的奧斯曼如同一頭等待巨獸殘殺的羔羊。

這是末世的荒漠！

無盡的沙丘，無邊的乾旱地，寥寥乾草在烈風之中被烤焦，奧斯曼因麻醉而痴呆，直到藥力失效，才懂得從痴呆中回神，感受真正的驚慌，渾身發麻，有一種被嗤咬得痛，像無數微細的螞蟻爬在皮膚上咬破毛孔進入皮層中，是藥力過後的心理創傷後遺症嗎？奧斯曼全身劇痛，在赤地上打滾廝磨，試圖用熱沙磨去肌膚上的表皮，驅趕看不見的蟻獸。

看啊！大漠風吹赤烈地，一行行幻變莫測的黃沙如潮浪，在急風吹動下猛然飛揚，待風靜了後，慢移轉向。過了許久，體無完膚的奧斯曼在一堆乾草旁癱着，血流得慢，汗流得快，因口渴而虛脫的他知道身體的水分正急速被烘乾，爬了許多搞不清方向的路，仍舊不知去向，恐懼已然爆錶，心靈已無法承受將臨的死期，那一刻，思想跟視線一樣模糊，稍有印象的，就只剩下他最愛的阿米娜的身影——那夜的西廂房內，在長官的懷抱中。

「是她？」奧斯曼環看四周，沙漠肯定是他的最後之地。他忖，近乎認定的心忖：「為了一級榮譽畢業嗎？」

清晨七時，在高處的沙脊上，有兩三個身影，逆光下看不清臉容，只隱隱聽見，好似是昆蟲震動翅膀的聲響，和扳機槍的咔嚓聲。之後，奧斯曼就再沒有之後。

（十五）艾爾肯

事件過了兩三星期，終於來到畢業禮了。

艾爾肯穿起一套熨得筆挺的淺灰色西裝，胸前掛着一條鮮紅色幼布條，懸着一面電鍍的金牌，牌上的激光刻字清清楚楚——「一級榮譽畢業」。他志得意滿的臉上，煥發驕傲的神采。站在大禮堂的頒獎台上，領完金牌，再領親手製造的榮譽盾，然後正眼俯視台下的數千位同屆畢業同學，就這麼一個！就這麼一個一級榮譽畢業生，他是經歷多少起跌得失，才可以在今天堅實地踏上臺階，獲得四星長官親自頒獎的殊遇。

接過獎項之後，他依照寫好了的講辭，內容有感激、有感謝、有感動，有講起跌得失，也不忘祝願和鼓勵台下的同學。最後，他事先獲准分享奧斯曼和阿米娜的故事，措辭帶着深深的惋惜，最後義正詞嚴，以一級榮譽畢業生的口吻說：「記住！大家不要任性而為，最終會害苦自己。同學們，共勉！加油！下一年的一級榮譽畢業生就是你。」

電話錄音殺人事件

（一）

昏紅的夜正醞釀一場大雨。為了避過這即將來臨的末日，焦急的飛蟲圍繞着門前的街燈亂飛，像在圍攻那燈罩內的天堂，並企圖闖進去，掠奪一切生命之光。驚心的雷吼着點點滴滴的細雨，奪魄的閃電閃動着風中的絲絲線線，鬼魅的暴風開始四竄，直把街道搞成一地氾濫。她的傘子被風雨打壞了，正急步走回家。她走得越快，越是感到身後有一股龐大而神秘、黑暗而可怖的力量，正緊緊地跟隨着自己，迫使她加快步伐。雷吼打在她心裏，激起前所未有的不安，心臟似快要被低胸吊帶裙上的心口針勾出來。

回到家門前，在走廊燈下盤旋的飛蟲，化成千萬對淫眼，監視她的一舉一動，談論她的工作，批判她的為人，窺伺她那副誘人的軀體。她還是盡快拿出鑰匙，逃回自己的國度，摒棄外面的世俗目光和那股置人於死地的力量。但即使她躺在沙發上閉目養神，安撫着顫動不停的心靈，卻發覺它跳動得更厲害，彷彿超越了人體的極限。她開始喘氣，感到那股可怖的力量逐漸逼近，化成黑色的爪影，從牆角開始蔓延，一步步吞併她的住所和她的心臟。水汪汪的眼睛不再是黑白分明，只有兩個驚慌惶恐的黑洞，而她的恐懼驅使她將家裏所有的門窗全部鎖上，逃避懾人的風聲、雨聲和雷聲。

窗外的風雨在鞭撻着十多棵站在街上，垂頭喪氣、別人瞧不起的老樹。

「鈴……」電話響起來就像一柄尖刀，割破她脆弱的心，嚇得她跌倒在地上。她定過神來，提起聽筒，電話錄音的功能啟動着。電話裏傳出一把陰沉的男人聲：

「喂！Minnie在嗎？」

「我是，你是誰？」

「我想要你的服務，收費如何？」

她冷淡而熟練的回答連串價碼，短聚和過夜的要求等等，但她還未說完，那男人已道：「沒問題。你值三萬，等我。」一語方畢，那男人立即掛線，並沒等她用千嬌百媚的聲線說一聲「多謝老闆」。

她從沒想過自己會有這麼豐收的一日，個人價值三萬？做夢也沒做過，真是受寵若驚，有點一躍枝頭變鳳凰的興奮。她不禁盤算着那陌生男人的三萬元，適才的恐懼和不安，現在都化成數十隻紙金牛，從兩個黑洞中走出來，雙眼亦變得晶瑩閃亮，心想：「可以替爸爸換個較先進的睡眠呼吸器，買一輛新的電動輪椅給媽媽，讀高中的弟弟要一台新的電腦。」

自她失業開始，半年來，積蓄見底了，學歷不上不下，兼職賺不多。有天遇見童年友好，竟勾搭着富豪的手，在名店提着名牌包包走出來，相認之後相約重聚，重聚之後得到「點化」，放手一搏，別介意別人目光，靠的都是自己，這年頭，英雄莫問出處，別說得太清高。

連串的自我開脫以後，好友安慰她說：「別看眼前的自己，要看遠一點，看自己的將來。這行幹不長，但賺得快賺得多。放開一點，很快習慣。」

Minnie的確算是勤快的人，習慣以後，生意多了，熟客也多了。這夜，她洗了個澡，身上噴了點玫瑰香水，放下一把烏黑的亮髮，靜待那三萬元。

（二）

曙光從水珠折射出微笑的清晨，她等了一整夜，始終等不到那人，興奮的心情隨時間流逝而麻痺。夜深的憤怒代替了無止境的等待。這時，神秘的黑色爪影再次出現，撕毀她的靈魂。在撕裂與嘶喊的掙扎中，她彷彿看見一個男人坐在一旁，欣賞她的痛苦表情，沒有伸出援手。

門和窗依然鎖上，跟她沉默地睡着。骨折了的綠沙發翻倒，突出了枯黃的肋骨。矮几的玻璃碎裂，撒得滿地閃亮，玻璃片的邊緣還塗上了血紅色的指甲油，跟射進屋內的陽光對峙。白色的組合櫃不再純潔，支離破碎。電視機倒在地上，讓不見光的一面仰望米黃色的天花板。廚房裏的水龍頭仍在延續昨晚的風雨，像是因恐懼而流下的淚水，正在哭訴自己的無辜。崩裂的菜刀冰冰冷冷，躺在灰白色的地板上，躺成一副兇手的模樣，兇巴巴的盯視着粉紅色的睡房。她就在睡房門前沉睡，但張開了一雙銀色的魚目。啡黃的頭髮交織身上的血絲，紫色的睡衣仍留住她的玫瑰體香，在隱約之間，雪白的胴體，展示死亡的美麗，向游離四周的亡靈擠眉弄眼。

不知何時，電話錄音機開着了，反覆地播出她和那男人的交易：「沙沙……沙……你值三萬……沙沙……等我……沙……你家過夜……等我……你值三……沙……萬。」

三日後，「應召Minnie」的屍體被警方發現。

(三)

李強來到兇案現場的時候，他的下屬已在搜索證據，並將那盒電話錄音帶交給他。李強初步認為這盒錄音帶與案件有關，把它列為重要證據。他又從看更口中得知死者名叫張美琪，大多數人稱呼她的洋名Minnie。

今晨約十時，看更到她的住所追收管理費，按了好幾次門鈴都沒有人應門，只反覆聽見屋內傳出那段電話錄音和陣陣惡臭。不知甚麼原因，平凡的電話錄音鑽進看更的耳鼓，竟使他的內心泛起了不尋常的不安和焦躁，於是，他立即報警求助。警方到達現場後破門而入，發現死者。

李強又問了幾個死者生前的鄰居：「你們認識死者多久？」

陳太冷冷地回應：「我甚麼都不知道！我很少跟這個女人接觸，就算見到都不會理會她。你應該問王太，她住在她對面。」

李強望着王太，她結結巴巴的道：「我……其實……跟她都不太熟，我只知她……常常帶男人回來……」

張太插口道：「很不正經的。你不信的話，可以問一問李生。」張太露出不滿和鄙視的眼神。

李生理直氣壯的道：「全幢大廈都知她是『甚麼』的啦！三更半夜還帶男人

回來，哼！簡直不知所謂！」

原本表現得非常冷淡的陳太，突然變得熱衷起來，搶着道：「哼！這個女人正一狐狸精，上個月還搭上了十三樓姓曾的。別人有老婆仔女的，都被她勾過來，整個家就這樣散了，換着我是那個曾太，眼見自己老公跟這個賤女人在出面鬼混，我一定跟她拼命。」又道：「這種人死了不值得可惜。」

隨着他們的你一言我一語，現場即時熱鬧起來，其後更加入了曾伯、吳師奶、林主任、何小姐，甚至明仔和杰仔，他們都在談論死者過往的不檢點，罵她為淫婦，更追溯她的身世，猜測她是孤兒、有錢人的私生女、偷渡客或離家出走的問題少女，最後結論她的存在價值是零。李強則留心地聆聽當中每一個細節，然後在腦中飛快急轉，分析各種可能性。

法醫在現場作出初步鑑證，指出死者是年約二十二至二十五歲的女性，身上只有兩處致命傷痕，分別在頸項和心臟，相信是被利器所傷，可見兇手招招狠辣，務必要一招致命。李強懷疑殺人的兇器是廚房的菜刀，但仍有待鑑證科的調查報告。

「從死者身上的瘀傷可見，估計案發時，死者曾有過極力的掙扎，可惜最後還是劫數難逃。」法醫指出。可是，令李強最感頭痛的，就是兇手如何逃離現場？案發時所有門窗都在屋內反鎖了，兇手根本不可能在離開現場後，再返回屋內鎖緊門窗。

過了兩天，鑑證科的報告出了：菜刀上沒有死者或其他人的指紋，死者身上找不到任何可疑的衣物纖維……。

（四）

這宗案件並沒有成為轟動全城的頭條新聞，它只佔港聞版的第三或第四頁的右上角或左下角，伴在身旁的總是：「牽月居住戶抗議承建商偷工減料，停車場車位狹小不夠」、「今期六合彩金多寶頭獎八千萬」。

雖然如此，李強卻對這宗懸案極之重視。自入行至今，轉眼已經十年。一直以來，李強的拼搏始終得不到上司的賞識，更得不到妻子的肯定和關心，當然，金錢是他妻子最關心的問題，可惜李強到現在仍是沙展一名，錢僅是賺到來足夠給家用和供樓，卻不足夠滿足妻子的虛榮心。

他常常懷疑自己：「我哪樣做得不夠？我為何不勤奮些，學好英文，然後爭取升級？」

事實上，李強確實很努力，他查案時的投入和認真，是不容懷疑的，雖然破案率只屬一般，卻贏得同僚的讚揚，換來上司幾句嘉許。

和妻子的一封離婚書。

「怎樣才能勸她留下？別離婚好嗎？」李強苦苦思索着。他對她已是千依百順。有一次，她要買一件價值三萬元的皮草，參加公司每年一度的舞會，李強想也不想便買給她，然而李強的皮草始終敵不過劉經理的一枚五萬元的鑽戒。

鑽石的奪目光彩迅即掩蓋皮草的色澤，李強無奈地慨嘆自己娶了一個貪心的妻子，竟無法將她放下。他的朋友暗地取笑他是「沒骨氣的老婆奴」，這句話傳進他耳裏，倒喚起他的共鳴。

夜，悶熱非常，似在等待一場大雨的洗禮，清除暗巷的憂鬱。李強帶了那盒電話錄音帶回家，放在茶几上，跟那封絕情的離婚書一同躺着。他思潮起伏，將湖水藍的沙發弄得混濁不清，突然，窗外有一陣清風從悶熱中偷走出來，李強的腦袋旋即清醒過來，心想：假如我破了這件懸案，立了功，然後請方sir推薦我考升級試。成功的話，她一定會回到我身邊，到那時候，我再不是沒骨氣的小男人。想到這裏，李強積極地拿出錄音機，反覆聽着那段電話錄音，希望找到一些蛛絲馬跡。

（五）

深夜時分，風敲起長街的惆悵，沙沙霎霎。紙屑在李強的住所窗前徘徊，擾亂着他的思緒，勾起他心底裏的煩悶。而雨終於落下，隨着風左搖右擺，淅淅瀝瀝，淋淋漓漓。李強反反覆覆地聽了那段電話錄音二十多遍，仍是毫無頭緒，心情頓然煩躁不安。

這時候，一隻黑色的爪影開始在他家裏的牆角伸延。

既然找不到線索，李強乾脆關掉錄音機，坐在沙發上，點一根煙，無奈地聽着隔鄰何太的吵吵嚷嚷。何太正在向何生大發雷霆：「你真不中用！我叫你在他面前說自己是經理，你卻告訴他只是分行主任。你知不知他是Linda的丈夫？他是投資銀行的財經顧問，為人風趣幽默，賺錢又多……Linda自小就看不起我，她的家底好，又嫁了個好丈夫，唉！我當時以為你勤力忠實，跟着你應該會有風光的一日，誰知你忠直勤快有餘，經濟能力不足。」

何太的嘮叨有如唸經，將何生的人格、價值貶到腳底，但他似乎沒有反駁，像一早習慣了被她的長舌緊纏，初時還有透不過氣的感覺，但到了現在，他已學懂在緊纏中偷取一絲半點的空氣，慳儉地享用。

電話聲就似一場及時雨，讓何生爭取時間偷偷呼吸。

何太拿起聽筒，不耐煩的道：「喂！」

「何先生在家嗎？」一把陰沉的男人聲撩動着何太的毛孔。

何太瞟着何生，心想：「又是你那班豬朋狗友。」

她冷冷地向電話裏的男人道：「你是誰？阿張還是小林？他現在沒有空，你有……」

那男人截住何太的話：「你想你丈夫死嗎？」

「……」何太靜了半晌。這句話直如利刃，直插她的胸口，一時間嚇得她不懂反應。

但不消兩秒，何太又回復冷靜。她自信地咬定了，肯定是何生朋友玩的把戲，便回復兇悍本色，道：「你說甚麼？你到底是誰？我警告你，不要在我面前裝模作樣，我會報警，我的鄰居是警察。」

那男人尖聲冷笑，倏地令何太毛髮悚然，道：「他如此沒用，只值萬五，叫他等我，我今晚便來取他狗命，放心！我會幹得清脆俐落。再見！」

何太給那男人最後的幾句話弄得忐忑不安：「是他的朋友在戲弄我？抑或真的有人想殺他？」

雨剛停了，但叫人驚恐的血液流程，才剛開始。

客廳牆角上的黑色爪影，逐漸蔓延、擴展……

（六）

何太整晚都睡不好。風雨挾住那神秘男人的鬼魅聲音，打進她的心裏，喚起她藏在背後的恐懼。夜半，躺在床上的何生，胸腹被十字剖開，血瘋狂傾瀉而出，拼命掙扎的內臟一跳一跳，滲出紅色的淚水，高呼枉死的傷痛。然而，結婚照片內的何太，在藍色的眼影、粉紅色的朱唇和皓白的婚紗點綴下，流露出鮮黃色的嘲笑和淤黑的致命眼神。她把手上的玫瑰拋擲在何生的屍體上，再報以一個僵硬的微笑，在照片中消失，在何太的夢中消失。

飄搖的風雨撇得何太一頭冷汗，她的眼皮下垂，沒神沒氣，看着價值萬五元的何生，正昏睡着沒半點生氣。

然而，夢裏殺人真有其事……

翌日早上，何太的尖叫聲，穿透下着微雨的寧靜清晨。風雨過後，街上一片頹然蕭索，紙屑屍橫遍地，雨聲為何太連串的淒厲慘叫伴奏。這番驚叫，也吵醒了李強：「昨夜還吵不夠麼！那個三八！失眠了幾天，才剛剛睡了兩句鐘。混賬！」當李強正想大罵之際，門鈴急促響起，繼而是砰砰砰砰的拍門聲和何太的呼喊：「李sir！李sir！救……救命呀！」

聽到何太顫抖的語氣，李強登時提醒精神，心感大事不妙，搶上兩步即時應門。門一打開，只見何太發瘋似的眼神直瞪着他，凌亂的頭髮害怕得縮作一團又一團，未開口講話已垂軟乏力，跌坐在李強面前。

李強扶起她，問：「何太！何太！究竟發生甚麼事？是打劫嗎？」

何太目光散渙，失去焦點的呆坐地上，失語，再沒有任何動靜，眼神空洞失焦。其他鄰居陸續走出來看個究竟，李強吩咐他們報警，又將何太交給鄰居扶着，逕自快步走到她的住所。此刻，憑藉他多年的查案經驗，不祥的事正如一隻鬼爪，暗地在牆邊出現，勾引他踏進一個撲朔迷離的空間，見證另一宗兇案發生。

這時，在他家中的一部電話錄音機，竟自動播放着昨夜何太和那神秘男子的對話，還挾着幾聲陰森的冷笑。

李強細步踏進何太所住的單位，亮着燈，環看搜尋，室內整齊雅致，黑、白水泥灰的色調配搭極具時代感，工業風之中帶簡約乾淨，看不出被人打劫搶掠的的痕跡。他探進睡房、客飯廳和廚房，都沒有可疑的發現，但當他推開浴室門，猛然為之一怔！

——何生竟被綁了起來，嘴巴被重重的電線膠布封死，頸項給粗麻繩勒緊，面色紫青。這一次，何生無法再偷得一絲空氣了。

（七）

目睹何生的恐怖死狀，連經驗豐富的李強也撐不住，嘔吐起來。「天殺的！怎會這樣？」他撐不住，半掩臉面地退到客廳，坐在沙發上喘氣，接壓胸口叫自己冷靜！冷靜！

二十分鐘過後，李強稍稍平靜下來，大批警察已經封鎖現場，警員向李強和何太錄取口供，搜集現場證據，將何生的屍體送往驗屍。何太的面上佈滿乾裂的淚疤，當她被問及丈夫有沒有跟人結怨時，她萬分肯定，聲稱他一向忠厚老實，從不會斤斤計較，亦不會亂說話開罪別人。

警方又問：「昨夜有沒有發生過甚麼特別事情，或見過甚麼可疑人物？」

「甚麼人也沒見到過。甚麼事也沒有發生過。我……我只是罵了他一頓。」

「何時發現你丈夫的屍體？」

「今日……早上……剛起床上洗手間時……」何太嗚咽着：「今早醒來，見……他不在我身旁，以為他一早上班去了。怎料……好端端一個人……」

「有否見到疑兇？」

何太掩着痛哭的臉，不住搖頭，道：「我整晚都失眠，根本沒真正睡過，有人走進來又怎會不知？」又道：「昨晚我一合上眼，就……就發惡夢……竟變成真……」

「你發惡夢？」

「昨晚有個變態男人打電話來，說……要替我殺了我丈夫……我起初還以為是別人的惡作劇……怎知道……怎知……哇……哇……」何太痛哭流涕，一面將那神秘來電的事說出來。

李強聽罷何太的口供，整個人已跌進無光的深淵，極力想向上爬，爬向一個該有的出口，可惜，無論他如何撥弄、理清腦際的思路，也卡住了無數的死結，往往在解開和縛緊的拉扯中完全迷途：「這會否跟張美琪的案件有關？兇手會不會是同一人？」

很累，很累，現場的重壓委實太大，李強只好走到露台去，作了幾下深呼吸，嘗試慢慢地思考整樁謀殺案的來龍去脈。接連的兇案都與那電話中的神秘男子有關，亦跟一個殺人的價錢有關，究竟誰是買兇殺人的主謀？他又為何要殺死這些毫無威脅的人？殺手會是誰呢？他怎能連丁點痕跡都沒有留下？會不會出現第三宗？兇手會不會是何太？

不！李強隨即否定了這想法。他的經驗告訴自己，何太只是那些空有一副潑辣相的普通女人，沒有兇殘狠毒的機心，更沒有殺人佈局的頭腦。那到底誰是兇手？李強感到連串的問題在腦內團團亂轉，自己像坐在失控的旋轉木馬，正在高速打轉。於是，他點了根煙作鎮靜劑。

李強目送何太上了救護車，樓下的記者搶前追訪和拍照。當一切暫時平靜後，他跟上司請了假，待在家，只待在家，甚麼都不想，甚麼都不做，甚麼人都不見。失眠，如無盡的隧道，盡頭的一丁點光，給他死死地瞪眼盯住了，合上眼，強逼自己去睡，就看見兩名死者的臉，又看見妻子的離婚書。這個家，不成家，只是一個空間，讓他乏力地待着，待着，而徹底的無力感，似是一種無色無味的軟骨毒藥，不但使筋肉無力，還會毒攻心靈，令思考失重，只能軟癱在沙發上，張開死魚般的雙目，盯看茶几上的電話錄音機。

說起這部陳年機器，自從有了智能電話以後就很少用上，怎地這段時間忽地得到重用呢？

哼！可真諷刺，老機械都有用。我呢？

不！這案件是我的翻身機會，假如兩件案有關連，一定和這盒錄音帶有關。但我還要堅持查下去嗎？盡了力都可能徒勞無功，能查清楚嗎？

再一次，掙扎了兩天後，李強跟自己說，查就查吧！不為自己，也為何生何太，好還他們一個真相。於是，他再次站起來，匆忙的梳洗，換好了衣服，把那部電話錄音機帶返警署，跟下屬一起研究。
鑑證科的初步報告跟上一宗謀殺案完全一樣，沒發現任何疑點。
可能是無休止的風雨洗去一切的證據，令警方束手無策。
那刻，李強沉默無言……

（八）

「沙……沙……沙……喂……喂……Minnie在嗎……我是……你是誰……
我要你……收幾錢……短敘兩……沙……一千……過夜三千……沙……還有……你值三萬……我……沙……唧唧唧……你值三萬……沙……等……嗟嗟
嗟……喂……何生在家嗎……你是誰……沙……我……你想他死……沙……我報警……沙
是警察……何生只值萬五……唧……只值萬五……唧……只……只值萬……叫
他等我……沙……啪……」
會議室內，滿是詭異的白光燈和幾張慘白的人臉，窗外風雨正自狂嘯。

一整隊探員在聽到這段錄音後，沒有人具備足夠的膽量首先發言，他們全都在等，等李強開腔講第一句話。

「別要我講，我無話可說。」李強回他們一個眼神，表示自己和大家一樣，只有疑問和驚訝——這段錄音跟早前的已不再一樣，當中發生了奇異的變化，內容是……剪接過，還更新了……更新了？

他終於打破沉默：「怎地跟上次不同。我明明沒有錄進那段話，我……何生的死怎會……何太與那兇手的對話……根本不可能在這條錄音裏！」大家再次回到了沉默的起點。各人緊鎖的眉心聚成一堆問號，昏昏迷迷，盲目地互相在迷宮內追逐。

最後還是李強醒悟得最快：「一直以來，兩名死者在死前都與兇手通過電話，我們可以查電話公司的紀錄，再調查兇手在何處打出電話。」這句話彷彿拯救了整隊在沙漠中迷途的旅人，讓他們找到可得喘息的綠洲。李強輕鬆呼了一口氣，立即吩咐下屬分頭行事。

（九）

風雨持續了五天，終於有停的意思。烏雲打開了天空的鎖，讓陽光透視都市的濕漉漉。風雨不再強硬地衝鋒陷陣，溫柔體貼地，抱着飄零的樹葉。傘海的潮水退了，走起路來，步伐彷彿踏住清風，擺脫水的阻力。李強點起一根煙，吸了一口，輕鬆地呼出數個煙圈，在空氣中散開、消失。他再聽不到人潮的喧囂、交通的擠迫和電話錄音的殺人片段，耳根和心靈終得清靜。

李強撥電話給妻子，打算約她吃晚飯，希望修補關係。

「喂！Ann？」

「是你？有甚麼事？我現在很忙。」

「我想約你今晚……」

「喂！喂！你等一等！」她放下電話。

電話邊傳來另一個男人的聲音：「你丈夫找你嗎？」

「不！不是！只是普通朋友。今日是你的生日，想去甚麼地方吃飯？日本菜？法國菜？抑或是意大利菜？」

「你拿主意吧！」

她再次拿起聽筒：「喂！你有甚麼事快說，我很忙。」

「嘟……嘟……嘟……」

「喂！喂！李強，你還在嗎？喂——————黐線！」

（十）

李強明白自己有多少本錢，所以沒有太大的失落，始終是自己不爭氣，唯有用苦笑去消磨不快。

今天是個無風的晚上，他買了兩瓶酒，也買些吃的。回家，四面牆壁，髹上她喜歡的米白色，掛起幾幅婚照，舊相框甩漆龜裂。忽地，他想起了何太責罵何生的話，竟也像眼前的烈酒般帶勁。「不！我不是何生。」他盡量壓抑思緒的漲退，只是他大概估算得到，失眠夜的長度。

突然，不識趣的下屬來電。

「喂！李sir？」

「我是！有甚麼發現嗎？」

「我們查問過電話公司，他們説張美琪和姓何的，在事發當晚，並沒有任何通話紀錄。換言之，根本沒有來電。」

李強半醉着，吼道：「甚麼？」

「我們也不知道。阿華……阿華説可能……可能有鬼……整件案都很詭異。」

「有鬼！？唉！算了！見鬼就由我見！來！見我！」李強不想被迷信影響判斷，可是無法解釋謎題，只好大發晦氣。他放下電話，心裏暗罵下屬的無知：「有鬼！哼！竟然跟我説鬼！我就霉到見鬼！荒天下大謬！有鬼便叫他來找我，我也不想活了！」

（十一）

破案的希望幻滅了。李強再找不到任何線索，也無法接受迷信的理由。或許這是魔鬼的安排，擺佈他的命運。從妻子要離婚的一刻，到接手這兩宗神秘命案，他都被玩弄於股掌之間，結不出任何關於未來的美好結果。終於，他被疲累弄得眼前一片漆黑，昏迷過去。

到了他再次醒來的時候，已是兩日後。他呆坐着思考，昏睡兩天，並沒有補足精神，昏睡兩天，換來的是睜眼的呆滯，從早上到入黑，縱使黑夜隨日落趕來，他都沒有力氣去開燈。他反覆想着，反覆想着，那段電話錄音，有否夾雜了跟妻子的通話？不知怎的，兜兜轉轉的暈眩再次湧進昏暗的室內，李強軟癱地上，一聲不響，直到一通電話打來。

「李強！喂！」方 sir 的語氣總欠友善。

李強搖一搖頭，伸着懶腰，道：「方 sir 。」

方 sir 冷道：「兩件案追查到兇手沒有？」

「未……未有頭緒。」李強搖頭。

方sir厲聲道：「還沒有？」又道：「喂！李強，差不多兩星期了，你還沒找到線索，唉！算吧！上頭對這兩宗案有多重視你知道嗎？若再無法取得突破，我便將它交給另一隊。」

李強心中不是味兒，只能疲乏地回應：「是。我會盡力的。」

方sir悶哼着，罵了句粗話，道：「你好自為之。」

李強繼續癱在冷冷的磚石地板上，偶爾有幾個電話響起，他都沒接。

沒接，於是陳年的電話錄音機亮起了開關燈號。

於是有一隻黑色的鬼爪，伸長了如鈎的指甲，在錄音機上按下了錄音，錄音帶自然而然地開始捲動起來。

入夜的天空掛上昏紅的帷幕，看來詭譎的風雨再度將天空鎖上。

（十二）

晚上十一時的風雨是狂野的快馬，從窗外飛射進來。李強感到臉上一陣冰冷的刺痛，伸了個懶腰，摸着疲倦的頸椎，任由雨點刺進來。他已感到自己的生命力逐漸流失，體內器官正不尋常地衰竭着，心跳慢了，呼吸窒了，胃口沒了，舌頭乾了，思路斷了。整條生命像一條逐格慢播的電影菲林，咔……咔咔……咔住了，放出來的影片有的沒的極為乏力，斷斷續續得像這宗連橫兇案，線索似有若無，只有算不盡、理不清的惆悵。

再聽一遍那段電話錄音。好嗎？

他想嘗試。

他很想再試。

定格了的他猶如看見蛇髮女妖曼杜莎的妖瞳，步向石化，「想」如此做，卻僅是「想」，行動力歸零。

突然之間，已沒甚知覺的李強感到一股龐大而神秘、黑暗而可怖的力量，自四方八面湧來。

「呀——！」李強內心吶喊着，給嚇得向側一跌，右前額撞倒了沙發扶手的一角，強烈的疼痛才叫他稍微醒覺一下，立時被眼前的一隻黑色爪影攫住，爪影向牆邊伸展，剪斷門外的燈光。李強動彈不得，活生生地被黑暗圍剿。

他還未按下錄音機「Play」的按鈕，錄音帶已自動播出一段鬼話——

「沙……沙……沙……喂李強……為甚麼不接電話……沙沙……你這廢物……你永遠都不會抓到兇手……嘿嘿嘿嘿嘿……一世都只有失敗……妻子跑了去跟別人……又給上司壓死沙……沙沙……哼……你這個沒錢沒妻子的無謂人……你知自己值多少嗎……沙沙沙……沙……五千而已……這個價是他們給你的……勉強為你定……我……沙沙……只是依照他們的吩咐……將認為沒價值的人殺掉……控制人口……張美琪值三萬何生值萬五你就只值五千……嘿……不會抓到兇手……永遠找不到我……沙沙沙沙……沙你以前是他們……沙……一伙……姓張和姓何的……都是你害的……你是兇手……主謀……嘿

嘿……沙沙沙……我今晚會將你……殺掉……明天早上……沙沙……減少一個人嘿嘿嘿……沙沙……啪啪。」

(十三)

錄音帶停了，時間停了，李強的心停了。李強跳出自己的軀殼，看見一雙黝黑枯瘦的手，緊捏着自己的軀體，骨頭碎裂的尖叫，刺進耳朵和眼睛，李強再聽不到、看不見窗外風雨的狂嘯和亂舞，但風雨仍然包裹着昏紅的夜。

那天，我在港鐵站迷路了

文憑試放榜那天，課室已成刑場。我手裏拿着文憑試成績單，勇敢地以「人總有一死」的心態去面對這次失敗。三分！「三」對我來說，一向是我的幸運數字。記得上星期三賽馬日，我買了第三場三號三星拱照，結果牠爆冷跑出，讓我贏了三千三百三十三元。當時我心想這一搏果然夠眼光，更深信三字總會為我帶來好運氣。而我也靠着這運氣，終於在文憑試的難關中取得零的突破，勇奪三分，光榮戰敗。

我又想起了媽媽昨晚的話：「明天放榜了。我看你凶多吉少，準備隨隨便便讀個課程吧！」

我雖有自知之明，卻不免有點氣憤：「你為何一口咬定我不行？為何總對我沒信心？」

「你甚麼時候做過甚麼事，能令我對你有信心呀？」我媽反問得好。這一下言語反擊迫使我覺得在家裏無地自容，唯有憤而出走，獨自四處飄流，最後流到附近的港鐵站。每天早上，我都要坐港鐵上學，五年來天天如是，所以這裏給我一種熟悉的親切感。我可把這裏四個出口所能到的地方一一倒背如流，差不多連電梯的梯級都知道得一清二楚。

明天要到學校受刑了。我站在閘口，心裏不斷嘆氣。忽地，我有一股衝動，想坐坐港鐵，由荃灣線開始，直達中環，再由中環一直去到柴灣，然後由柴灣轉上將軍澳線直去東九龍沿途各站，最後在太子轉荃灣線返回原地。我好像很喜歡這漫無目的的行為，或許也是這五年來的習慣吧！

終於遊遍了港九，正值晚上十二時。

大限到了。

那晚電視劇古裝片集裏頭有午門行刑這一幕，男主角跪在刑台上，傲然冷笑，昂首漠視世俗人的目光，高呼「我自橫刀向天笑」的口號。當時我仔細端詳戲中的男主角，果真有幾分似我……

坐我後面的那個架着黑色粗框眼鏡的同學失聲痛哭，說自己英文科僅得一個5*，未能做到八科5**狀元。在他十點鐘方向位置的小肥妹高高興興的大叫「5**萬歲」，她是全班二十人之中，唯一一個狀元學霸——八科5**。

我舉目四顧，努力尋找志同道合來跟我同病相憐。5**真的這麼重要嗎？同志啊！我的同志啊！手上的成績單不期然有一種作用力，是試圖反抗現場氛圍的拉力。我退到課室門口，放眼看去一張張又哭又笑又喜又愁的臉，淩空浮着、飄着，飄浮到我跟前，問我考出個怎樣的成績來。如果，課室的燈光可以調暗，我好想調一調頭頂上那支光管的光度，融進無光的角落去。

霎時之間，在我的腦海裏，竟又浮現起一副五千塊的拼圖，每塊拼圖的形狀和花紋也差不多，很難找出一塊能跟我配在一起成一對。誰跟我同站逃離出口？無法拼湊的獨孤失敗，叫我乏力的走在一條經地震後無法拼湊完整的前路，碎裂得寸步難移。我腦袋被同學們話語中的各級分數不斷割裂，裂出一幅千頭萬緒的傷痕拼圖。

媽媽曾買過一副拼圖給我。那年是我唸小六的時候，她教我將那幅青天長路，兩旁種滿翠綠樹木的景象，由五百塊變成一大幅畫。那次完成後我得到前所未有的滿足感，時常要媽媽再買新的拼圖給我，但當時家裏窮，根本再無多餘錢買新的。終於等到今天，一副不用買的拼圖帶着痛苦擺在我面前，無法喚起我任何興奮。

這時，媽媽的來電提示我在腦袋裏放下第一塊拼圖。「怎麼樣？考到甚麼成績？」、「甚麼？只得三分？」、「陳師奶的二女考到55544啊！李太的大仔都有5*5554喲！」、「黃生說他是家長教師會主席，或者可幫你問一問關於重讀的學位……」。

我聽着她的嘮叨，自然想起了小舅舅。三年前，他也是文憑試放榜，考得很不理想，整個人都失了重心，無地自容，覺得自己很沒用，覺得前路又長又窄又孤冷。最後，他漫無目的在街上徘徊，在十字路口中央的安全島上呆站，直至晚上十一時許，正當家人擔憂得內心焦灼如焚，警局打電話來說，小舅舅過馬路時不小心被貨車撞倒了。

或許是宿命呢！我存在是為了延續他走過的路。

不過，我該不會這樣懦弱吧！

想深一層，反正輸的不是我，最多是我媽在鄰居師奶面前面目無光一小段日子，僅此而已。也好，我的存在能讓她難看，也算是個價值。

我媽最愛面子。上一次她知道住十樓的王師奶請了個大學補習老師上門教她的兒子，我媽即時問我要不要也請個私人補習。原來，不知不覺間，我變成了他們競賽中的比拼工具。

離開了學校後，我關掉手機，試着忘記媽媽的話。別人是家長教師會主席是校長是校監是校董是校友是校工是校內主任都只是別人又不是我。我只是個22121的三分學生。無論怎樣排列都是三分三分三分三分，是改變不了的事實。

我在港鐵站裏徘徊，也好，港鐵站建在地底是跟我相配襯的，每當我看着出閘和入閘的人，立時想起了兩批同學，一批是升上大學的，另一批是要找着落的。我登時「叮」的一聲！發現IN & OUT本是個殘忍的遊戲！我要入閘回家嗎？但這裏有四個出口，四個出口都有不同的路去不同的地方，我該去哪？還是回家算了？不一定急着回去，反正回去也是受罪。可是我下不了決定，想了又想，最後唯有走到出口路牌前，看看可以去甚麼地方。為甚麼要看呢？我不是早已了然於胸嗎？我反問自己。

我想港鐵站也是一張拼圖，哪個出口、哪個方向都在我手底操縱之中，我想這條路怎樣走、去甚麼地方都由我主觀意願鋪展開來，我哪還要理會甚麼陳李張黃何師奶的幫助或是逃避5*和5**組成的笑聲哭聲感嘆聲讚嘆聲或鄙棄聲。我還可將他們放在拼圖的一角，是我摒棄他們在月台尾端而不是如我媽所説類似「你追不上人家了」的話。

我對拼圖的設計瞭如指掌，我手中的一塊是A出口，對街有間補習學校。另一塊是B出口，商場裏也有另一間高中補習社。C出口附近有一間高中私校，長年收生。而D出口有三間中學其中一間是我的母校。我往哪個出口走呢？我放下拼圖，看看手錶，下午四時正。不知不覺間，我已站在地鐵站發呆了超過三小時。

拼圖在現實裏無法於自我意願中拼湊完整。

現實是，我不能再耽誤了，快去看看路牌吧！

然而，天意總愛作弄想醒悟的人。當我走到路牌前，赫然發現A、B、C、D的出口指示牌不見了！我尋遍整個港鐵站都找不到。

霎時間，我只感到恐懼和陌生，周遭無法給我一種熟悉的安全感，茫然不知自己的位置，整個身軀直如被黑蟻噬咬，咬出的麻痺感匯成一股難以忍受的電流，令我由面容到身體都在繃緊，不安地扭曲，想找個站長問問，又遇着站長失蹤。

失蹤？上星期我想去補票處增值，也遇到這情況。站長不知到何處去，叫我在站裏滯留了二十分鐘。前年暑假爸爸北上深圳一段日子後，也無聲無息地失蹤了。聽說香港人是很容易失蹤的，一種是被迫，一種是自願，一種與錢財有關，一種與美色有關。

然後隔了一個多星期，我媽說當我爸已在大陸給女人害慘了。

然後她開始哭，哭上一個多月，當時我看見她那雙又黑又腫的眼睛，差點以為她盲了。我想她也認為自己十多年來真的盲了。

然後，沒有然後啦！我跟她也沒話多說了。

於我而言，「盲」的真正定義，不只是看不見東西，還有更可怕的所謂「看見的，不是真實存在的」哲語背後的夢魘。就像這一刻！站長失蹤了，路牌不見了，同時，我更發現這站內的所有閘口都拒絕讓我進入，電梯全都改變了往上的方向，連一條會到下面月台的也沒有。

我記起有這麼的一齣電影，戲名說不出來，大概講述一個人被捉了做實驗，被困在一個方形建築物裏，走一條來來回回都是重複而不能回頭退走的路，最後他走累了、變瘋了、五感在絕望惶惑的環境下喪失了求生能力。

那我該怎辦？我覺得自己變成了電影的主角，正迫切地找個渺茫的出口。

可是，沒了路牌我該去哪？

我該去哪呀？我該走到哪呢？

如果這是夢，就請放我走——！

最後，老大只回了羅天遠一個稍微肯定他的眼神。對！是稍微肯定而已。但我相信，羅天遠往後在球隊的日子會愈來愈好過的。

放逐

（一）

蟬翼躁動，外號「蒸籠」的體育場館外，立着四、五棵歷史級別的細葉榕，粗粗的氣根破土而出，纏若盤龍，烈日之下，儼如不怒而威的武林高手，朝着體育館並排，築起無形氣場，牢牢守護這座高校的聖地，守着這裏的傳統勁旅——博賢書院的尊嚴。

其實，「蒸籠」已經被棄用了。那好像是現實世界中的一個過氣又虛幻的存在，或似是一片不真實的海域，百慕達三角之類，任何飛機、輪船走進去，可以忽然消失。在我看來，「蒸籠」的存在跟百慕達三角的存在是一樣的，球員走進去，意味着他已經消失，球隊裏沒有這個球員。

博賢書院是著名的國際學校，佔地甚廣，一座山頭一隅海灣，足球場、網球場、籃球場、新型綜合式室內體育館，連同兩座宿舍，兩座教學大樓，規模足可媲美海外的高校。偏偏足球場的後山在重建花園之後，校董會決定保留花園邊陲的幾株大樹和這座缺乏空調設備、先進裝修的室內場館。「球隊都不會再到這邊訓練了，留它在山邊風吹雨打，又要修理，幹麼？」年青球員偶然聊起，都會輕輕提到「蒸籠」無用，還很恐怖，擔當着不少校園鬼故事的場景，也適合治軍嚴明的博賢籃球隊用來放棄球員之用！

沒多少人知道，「蒸籠」是博賢書院創校之初，由熱愛打籃球的校長親手監督興建，二十年前，他還親作教練和領隊（聞說他曾經是美國NCAA聯賽的冠軍級人馬，聞說而已），一手帶起了博賢書院男子籃球校隊——「朝天虎」，在本地創下連續八年學界菁英賽總冠軍的佳績，更曾奪得全亞洲國際學校聯賽三屆冠軍。往後的十年，「朝天虎」一直都是學界的龍頭，從未試過跌出四強之外，在國際校聯中，也是最後八強的爭標熱門。

「這校的『聖地』，凡人不能及，無人問津，又熱又焗，籃框殘舊，場地木板也老，偶然作貨倉用途，唉！學校的老傢伙硬要懷舊，堅持不拆。」校隊教練、球員，以至年青的老師們都有此共識，一同欺凌這座曾經輝煌的古祖場地。

或許大家都不難想像，亮麗光鮮的儲物櫃，貼上全校引以自豪的十二位籃球員名字，有先進恆溫冷暖系統的更衣室，有LED光軌路線鋪設的高科技專業球場，看台座位過千，強化玻璃天幕和自動擋光的捲簾，二千呎健身室、球隊會議室，還有合乎國際標準的泳池，它們都跟人類連成一線，攜手嘲笑小丘上老榕後的「蒸籠」。

「哪些人會上去練球？」眾人稱為「老大」的隊長Bob Collins（賀志年）帶頭指着隊中的大後備，朗聲大笑。這個被放棄、被放逐的大後備叫——羅天遠，外號「矮瓜」。

（二）

完美的拋物線，穿針擦網的聲響像牛毛般輕細，可全場觀眾都深深吸一口氣，屏息以待，為的就是這一記溫柔的絕殺命中，為的就是享受這種殺人於無形引起的瘋狂哄動。亞洲國際學校聯賽八強戰，香港代表「朝天虎」憑隊長賀志年最後一秒絕殺得手，殺敗釜山代表「野火狼」，再次挺進四強。

當賀志年得意風騷過後，仍被隊友簇擁着，人人都説他是救世主，球隊一開始處於劣勢，最後由他單核爆發，來個「超級大三元」打救球隊。可是，在鏡頭後，他一點笑容都沒有。跟他要好的隊友都知道，更衣室風暴要來了，大家都準備了有戲好看的心情。

「羅天遠、白痴張，你兩個低能湊在一起，想害死我們嗎？」賀志年一進更衣室，隊友已經替他關上大門，阻隔傳媒追訪。

我站在「矮瓜」羅天遠的身邊，看着衝着他來的老大像一頭野蠻的牛，我也怯得不自覺地退到一旁，雖然，我本想拉一拉背向儲物櫃的羅天遠，不過老大的霸氣外露，兇光暴綻，還是少惹為妙！

「砰」的一聲！老大一把揪起羅天遠，一甩一摔，五呎四吋的「矮瓜」倒在地上，撞向另一邊的鐵櫃門上。「媽的！羅天遠你自己說，你有資格跟我們同隊嗎？若不是白痴張填錯了出賽名單，你會有份上陣比賽？」

羅天遠沒搭話也沒反駁，因為老大說得對，他本來就沒有上陣的機會，只是首次帶隊的老師張百熾（我們戲謔他，喚作「白痴張」）填錯了正選球員名單，僅僅填了八人，豈料比賽當中，一人犯滿離場，三人傷出，在無可奈何之下，只好派上這個球隊「廢物」暫代。豈料他久沒上陣，方一上場，便緊張得大失方寸，搶了防守籃板，補射己隊的籃，為對手多添兩分，引發全場嘲笑；然後在進攻時候，竟站到對手的禁區，架起防守陣式，阻礙隊友進攻，協助敵人防守，再引來更哄動的全場大嘲。

「停手！別打！」教練「白痴張」衝進更衣室來，擋在兩人中間，隊友也順勢拉開賀志年，勸了兩句。「白痴張」本身也非甚麼大號人物，一派文弱書生模樣，金絲眼鏡後的眼神急得想哭，故作鎮定和強硬，嘗試瞪着我們博賢的皇牌、兩屆學界MVP的最強人物——老大——賀志年。

「阿廣，扶起天遠吧！」他叫我上前扶起羅天遠。我點一點頭，走上前去，怎料老大喝止着：「阿廣，別聽他的。別扶這低能生物！」我呆住，真的不敢向前移動分毫。

「我們所有人都是自己站起來的。」老大挺立着，頂回去！面對老師，他不僅沒有尊重，還打算壓他下來。他道：「白痴張！你只是學校臨時派來的臨時工，真正的教練是我，你有打過籃球嗎？你有教練經驗嗎？放屁！你來當領隊？不過因為你老爸是校董。別忘記，是你們炒掉了我們的教練，為的就是給你工作位置！照我說，你連為我們執波都沒資格。」

「對啊！」

「對啊！是你填錯了出賽名單，差點害我們輸球。」

「對啊！你沒經驗卻要硬來，不如別來啦！」

隊友們紛紛和議，圍起一個蠻有力量的小圈，釋放一種帶排擠性質的負能量。白痴張扶起了從未發言的羅天遠，被擠出圈外的感覺的確不好受，我站在邊緣，看着跟我同期入隊的天遠，不是不想幫他，只是他的失誤，實在不該幫他，我也想起老大的一句話：「阿廣，若非白痴張填錯了出賽名單，今天該輪到你上陣呢！」

我——林廣勝，等了兩年，才有機會爭取得到參與這次比賽的機會。可惜，因為白痴張，我今天的機會拱手送給了羅天遠。雖然，我沒有參與嘲笑和欺凌，卻也沒有替他倆講半句好説話。原本，我是有上陣機會的。

到底是羅天遠的技術不足？還是真的太矮的緣故，總被老大挑釁，語言又好，肢體又好，羅天遠都保持着沉默，起初試過反抗但不成功，最後便默默地啞忍，就連被「放逐」到「蒸籠」去也不吭一聲。

我記得，羅天遠站在前往「蒸籠」的路口，抬頭望是一條約七十米的長命斜，長道兩旁種滿洋紫蘇，正開着細細碎碎的紫色小花，在伸延着鬼爪的霧裏，一點點詭異的美麗，誘騙路上的人步向這神秘的異域。「蒸籠」確實去不得，羅天遠確實不該被放逐。當下我陪着他，好像送他踏上黃泉路，心裏正自難受，嘆口氣，道：「畢竟我跟你同期入隊，想不到你要被逐……不如，我再跟老大說說……」我不忍羅天遠走進神秘的百慕達三角，這種欺凌行為不該在球隊內出現。

豈料羅天遠竟深呼吸一下，拍拍我的左肩頭，指着上面，道：「別傻吧！你不是相信那些無聊傳說吧！」

我分明看見，「蒸籠」已經被一層重重的霧氣罩住，形成一種時空「結界」，「走進去後，還能走得出來？」我滿腦聚成疑雲，卻見他已獨自踏上斜路去，拋下一句：「就當是上山秘密操練吧！其他的事，教練會替我爭取的。」

我看着他那漸遠的身影，霧已經抓住他，吞了他。到底是樂觀還是天真？我忖：「還信那個白痴張？他自身難保呢！說不定下一個被放逐的人是他呢！」

後來過了幾天，有同學說「蒸籠」不時傳出拍球和射球的聲響，還有疲累的苦叫聲，尤其在清晨和黃昏，偶然在晚上路過，裏面的燈光微弱，如奄奄一息的老人，殘喘之中的嘶叫令人不寒而慄，誰打算走進去看？媽的！有兩人在裏面對話，在裏面叫囂，在裏面慘嚎……

籃球隊一眾知情人聽着這些「鬼故」，沒有澄清的打算，笑而不答，分明想讓傳說傳開，傳成像真度極高的事實。我忖：「兩個人？兩個人的慘嚎？還要在晚上？羅天遠搞甚麼鬼？我是否該跟老大提一提呢？」

我決定替他求情！

「他可是初中時期的學界三分神射手……老大，他不弱的。而且父親也是職業球員……」我算是眾多新人中，老大較信任的一個。

「阿廣，寶刀也是要磨才更鋒利。你沒見他冷眼瞪我的表情吧！我就是要整他。看他有多強！但一直到上次的比賽，一上陣就顯見真章，他，未Ready！」老大的回應是沒有溫度的，然而我倒覺得，羅天遠被放逐是他的刻意安排。最可笑的是，我想起羅天遠在日常課堂還是活生生的坐得直直，聽老師講課，一點異樣都沒有。

「喂！蒸籠……你……一切都可以嗎？」我問。

「沒事！還好！我愈來愈強了，裏面好像有一種古老的力量注入我的體內。」他答。

那刻，我確定，羅天遠已經是「蒸籠」的一部分了。

（三）

我們都是常勝軍，球隊裏沒有一個弱手，從前的教練把我們訓練成打不死的戰士，大有機會重奪失落兩年的亞洲國際學校聯賽。豈料就是這個張百熾，來了之後，教練就沒原因地消失了，由他頂上。教練也沒有交代任何去向，只說自己老了要退休。我們學校不可能沒錢留他的，也不可能沒錢再聘另一個專業的，偏偏就來一個不懂籃球的「領隊」，又偏偏不肯再另聘教練。原因？聞說是人事問題，與錢無關。

真有這種事嗎？老大得知「傳言」後暴跳如雷，在學生層面發起抗議，在家長層面發動簽名活動，許多同學和隊友看見他的熱心，都跟他站在同一陣線。及後校方承諾學期完後會再聘新的教練，暑期會開始面試，但目前情況，還是改變不了。「白痴張」依然是我們的「掛名」教練和領隊，是連紙上談兵都沒資格的「東西」。剛過去的這場賽事，若非老大出盡全力，我們很可能就因為他錯填出賽名單，在八強戰敗下陣來。我絕對明白老大連同其他隊友排擠「白痴張」的原因，甚至，欺淩這個「教練」也漸漸變為常態。每次練球，「白痴張」對戰術的解讀，對比賽錄像的分析，膚淺是膚淺的，卻還算用心，但老大和副隊長帶頭挑戰，拉隊離開會議室。前天，場館大門前掛了一條橫額，大大的幾個鮮紅色字——「無能白痴張，滾！」

這件事震動校園，訓導主任和一眾高層大為震怒，抓着我們整隊來罵，要我們當眾道歉。老大天不怕地不怕，還嗆聲道：「要不封場，罰我們停賽，退出亞洲聯賽。今天晚上各大網路平台見！」當時的我，腿軟得不得了，靠身旁的羅天遠扶着，我看着他，一臉黝黑，滿頭斗大的汗，仍是沉默得一言不發。「你幹嗎一身汗水？去哪了？」「蒸籠。」「吓！痴線的，三十幾度。」

最後，校長是屈服的一方。「亞洲第一」的名號，吸引力極大。被欺負的「白痴張」該是哭過後才趕來的。他兩眼紅腫，瘦削的白臉無甚血色，訓話幾句了事。

「你為何不辭職？辭職吧！何苦？」老大在校長和高層們離開後，似乎緊咬不放，主動上前拉住「白痴張」。

我們圍了上來，等待他的答案。頃刻間，我們高大壯碩的身影罩住了他，老大和幾個正選主力囂張地哄前半步，形成一股使人窒息的壓力。而我和羅天遠都被擠到他們身後，踮高腳跟伸頸窺看，在人縫間看見「白痴張」抹着滲汗的額角，語帶慌張又嘗試堅強，深深吸一口氣，翻開一疊他親手做的戰術筆記，道：「我……下…下場四強戰，我……我會帶領……我們……我會帶領……你們獲勝……獲勝！用我的戰術……成功……如果不成功，我即時辭……辭職。」

那一刻，大家都好像待在一個吸走所有聲音的空間，十幾人都不發一言，有人半掩恥笑的臉，或者聳肩搖頭，大部分都呆個半晌，「OMG」[1]的表情在老大的臉上呼之欲出。良久過後，眾人散開，各自練球去。只剩下我、老大、白痴張和羅天遠。為甚麼是我呢？老大說我是球隊的第六人，如果要跟從白痴張的戰略指示，我要讓出這位置，給被眾人欺凌和看輕的羅天遠。

這是一場賭約。我不敢逆老大的心意，而且我一直認為羅天遠的實力本就不比我弱，只是老大的主觀和過往戰略的不協調而已。如今我讓出位置，或許可以成就羅天遠也說不定。「一節。用你的戰術打一節，奏效的話，我聽你的。若不管用，你和這條矮瓜都要走！」說罷，老大再次重召隊友回來，當面跟「白痴張」立下戰約。

1 OMG，"Oh My God"的縮寫語。

（四）

自上次八強賽事，羅天遠被烏龍地派上陣，出現了超級弱智的失誤後，他便被老大放逐到「蒸籠」去。每次練習完畢，球隊召開比賽會議，他都被安排坐到角落。我很奇怪，換作是我，早已選擇退隊。「怎麼你能忍受？老大和其他人對你這樣……」我問。

他說：「我爸也是籃球員，老大像他。」他聳聳肩，似乎習以為常：「爸爸告訴我，只要隨時都做好準備，就總會有一鳴驚人的機會，而且他說，老大的挑釁是一種磨練。我相信他的話。」又道：「我只等一個機會。」

「你如今有了。白痴張的戰術佈陣中，有你的份。」

「阿廣，多謝你！讓出位置。」

我心忖：不用謝，反正是老大訂下的戰約。

說到底，我真的不明白，羅天遠和「白痴張」二人是不是暗中連線了。在四強賽前的球隊練習，「白痴張」訂下的戰術部署，都圍繞着這條矮瓜的三分能力而打造，最強的老大和副隊長都在戰術中擔當副手，若非老大早有戰約在先，眾人肯定漠視和棄練。「三個戰術都圍繞羅天遠而行，就看看行不行！」老大的大將之風震懾着我們，好吧！連老人也聽從，還可以怎樣？

我們抱住懷疑的心，闖進四強賽的比賽場館。

四強賽面對的是日本代表「福岡海鯨」。

比賽開始！

為了球隊，我們也沒有輕視「白痴張」的戰術，大局為重是老大說的。而且實際上運作起來，他的戰術竟也不賴，處處針對敵人的弱點，也發揮我們各人的優點，打了第一節，我便知道，「白痴張」該是下過許多許多苦功。不過「福岡海鯨」也非弱旅，兩個國家青年隊成員輪流爆發，緊緊追逼，逼到第四節來，情況如同上仗，最後一分鐘仍咬得頗緊，僅僅五分差距。

對方的小前鋒松井義是個快攻能手，為了扳平，由他叫陣，使用緊逼盯人戰術，抓住我們一個失誤，來一個反擊快攻。全場見證着神一樣的存在——松井義在三分線上急停，投進一球，兼博得老大打手犯規，得加一罰球。

77：78。我們暫領一分。時間最後二十秒，逼使我們要求最後一次暫停。

「拖延二十秒就成。」助教在暫停時說。

「不！我要一個三分球，直接埋葬對手。」老大斬釘截鐵。他看着「白痴張」，道：「你不是有一個絕殺戰術嗎？」

「白痴張」點頭，在戰術板上畫了一條路線。我道：「這個……只練了幾次。」

但老大竟然點頭贊同，還指着羅天遠，道：「你今場上陣沒有失誤，最後一擊由你來。」

眾人乍聽之下，問號已經叩門而來。「半場開球，他們一定夾擊我。你最好準備好！」

沒有人夠膽反對。大家都帶着疑惑，看着羅天遠走到戰術安排的位置上，最後二十秒，老大主攻，引來夾擊……

羅天遠說過的「隨時都要準備好」，果不其然，看見老大突破分球，他已架好炮台開火……

這場比賽，羅天遠得十分，不算起眼，對手也沒有專人服侍他，他只聽從教練的戰術，在一個很安靜的位置，射出一記超級的三分絕殺，震驚了全場和我們！

（五）

這場比賽後，隊友們都瘋狂地衝去羅天遠身邊，又打又抱又推又拉，擊掌碰拳高喊「矮瓜」之大名，而我看見了，老大回了羅天遠一個稍微肯定他的眼神。對！是稍微肯定而已。但我相信，羅天遠往後在球隊的日子會愈來愈好過的。

冠軍賽臨近，羅天遠仍然會被放逐到「蒸籠」練球。

不過，逢星期六的加操時段，會多了我和「白痴張」。

也多了老大——賀志年。

「蒸籠」的鬼傳說愈傳愈烈了，整個校園都被籠罩在一片陰森的霧中，偶然，霧裏會傳來拍球的聲響，和男人們遭受極刑的嚎叫。

貪生

第二人生

陰雨天持續了兩星期，我的心情沒開朗過，躲在房間裏渾噩無聊，似等待被陰沉濕氣醃製成發霉的肉乾，或像皮鞋裏捲成球狀的臭襪。終於等到結束第二次人生的一日——四十歲的今天，過了這一日，半夜十二時十秒，便可以開啟第三人生。

第二人生是一場令人抑鬱的雨。

我承認當初選擇錯誤。

書房的窗框特意髹上原木色，米白色的牆身作主調，配襯海藍噴漆的鋁製小書架，一點點輕微的老金屬斑駁是我喜歡的舊風格。我的書桌是榆木製的，桌面鋪了一片一分厚的透明膠，方便書寫。我的確要好好書寫，第三人生的規劃書。

上星期開始，天氣變得陰冷，還愈來愈使人提不起勁，重重的濕氣像一把冷冷的鎖，把你整個人扣留在一個陰沉的暗角，悶悶不樂的同時，關節慢慢變得僵冷，一拗即碎的「脆化」畫面，經常在我腦裏搶出來擺在眼前。

或許跟近半年來的母城變化有關。

我在母城土生土長，活到這個年紀，四十歲是人生分水嶺，經歷過母城最風光最美好的年代，也見證着她近二十年的傾頽。前年，母城變天，氣候急遽跌到冰點，步入了冰河時期似的，失去任何暖色的溫度。整座城陷進了極地的冰層，不住下降、下降。城市失去應有的活力，一切都源於一場世紀瘟疫和政局動盪。不幸的是，母城處於冰層的夾縫，令人心急速易冷，易死。迷信一點的想：天氣反映時局，母城還是樂土嗎？

記得在最根本的「第一人生」，我是多麼的絕望，生命失去應有的重心，失去本色的光彩，自己和親朋戚友都在思考逃離、移居的命題，告別母城，另覓落腳之地。情況似飄零的植物種子，稍為好一點的是，知道自己想在哪裏降落，然後植根。那時正值四十歲——二〇一九年四十歲，人生如看不見光的深山洞口，直到一天，我無意間撿拾到一塊菱鏡，神奇的事隨即發生，它讓我選擇自己想過的人生，重回二十歲——一九九九年。

這是一塊神物，在一個擺地攤的老伯手上買回來。他賣的都是拾荒回來的舊貨物，有些舊唱片、老唱機、舊書、舊雜誌、舊玩具、打火機之類，我當時好奇，蹲下來淘寶，給我發現一個古舊的藍絨盒子，盒裏有一塊手心大小的黃水晶菱鏡。他跟我聊起它的故事，我又跟他討論絨盒裏有一段滿有哲理的文字，愈聊便愈興奮，卻在最後得了一個令人嘆息的結論：「它的故事就這樣，信則有，不信則無。四、五十元賣給你，就當聽我講故事的收費吧！後生仔！」

「後生？我不後生了。阿伯！」我打趣道。

「比我後生就是後生仔啦！怎樣？幫幫我這老頭，五十元足夠我買兩盒飯。」

我細想一會，聊了一會，就給他五十元，他把菱鏡給我，後來的奇事就發生了，「如果我可以有一個幸福的家庭，有我一直暗戀的她當妻子，有兩個孩子，一男一女，多美滿呢！」

信則有，不信則無。

我信。

所以翌日清早，我不再身處二〇一九年千里冰封的時代，打開窗戶一看，那是一九九九年乍暖還寒的春日，母親在房間外拍門，提我起床上學。

一九九九年二十歲的我，再次在這段「第二人生」開始。

這確是一趟神奇之旅，我可以重選截然不同的人生。挺好玩啊！明知時、地、人、事的必然發生，卻仿如擁有預知的超能力，讓我愈過愈順。直至發現「理想永遠是天真」的道理後，便對這個「第二人生」生厭。理由大概是二〇〇九年結婚後開始的，一直到二〇一九年，跟「第一人生」一樣，我的母城依然變天，氣候不宜住人，我那煩人的妻子每天都吵着要移民，煩得似一隻纏繞耳窩飛行的蚊子，沒完沒了……

「吃飯喇！你別老是把自己關在房內！」妻正嘮叨着。相處到第十年了，習慣了彼此，在連發的嘮叨之後，會是急促的腳步聲，邊走過來邊吵耳道：「你快出來，陪一陪老大，玩一會兒，之後我要跟他溫習……下星期有默書和數學測驗。」

唉！老大，七歲。上小學二年級，每天的功課、測驗、默書堆起一個苦痛的童年。溫習之後都是溫習，上興趣班不是因為興趣，我還真佩服為何老婆可以樂此不疲，跟「媽媽同學會」Whatsapp群組交流信息，哪裏的興趣班和補習班既優質又便宜，哪裏買圖書有折，哪裏可以買到名校的測驗卷和考試試題，然後規劃好所謂「讀書時讀書，遊戲時遊戲」的少年人生規劃。七歲的小朋友，這樣活，再看看四歲的妹妹，將同樣如此活，媽的！我卻想早點活夠啊！

怪只怪自己當初的任性，想試試結婚生子的人生，才決定走進這塊神奇的菱鏡裏，開啟這一面「第二人生」——由二十歲開始，活足二十年，唉！算體驗夠了，快轉生到「第三人生」吧！

這種實時體驗生活的方式算是一種另類旅行。在選擇過的人生之中，活最黃金的二十年，多麼的青春美麗，多麼的滿有活力！體驗過了，滿足又好，不滿亦好，都是二十年而已，而且以不同的生命模式進進出出，不會老死，夫復何求？簡直立於人生的不敗之地。

天真！

極度天真！

我正在書寫「第三人生」。

匿在書房，披肩裹頭，整個人像跟書桌連成一體，靠的是一張A4白紙將彼此黏連着，紙上寫滿了我的願望，寫下我的不滿，似是生活體驗營之後的反思報告。我寫道：「與其說『活』，不如說『困』。混帳！張永年你正混蛋，明明可以揀選不同的人生，偏偏選個苦味的。」

「哇……！」正自抱怨的同時，妹妹跟哥哥又吵了起來，老婆大喊求救，我看着眼前的「第三人生計劃書」，再看看牆上的時鐘——晚上八時正。我忖：「最後四小時，撐下去！快可以脱離苦海！」

「來喇！爸爸來喇！」我打開房門，卻見妹妹抱着她心愛的毛公仔，坐在房門前看着我笑，而哥哥在客廳興奮跑來，大笑大叫。原來，兩兄妹是裝吵架，逼我現身！

我抱起胖胖的兒子，像抱住一個在嘉年華會攤位遊戲贏回來的等身大布偶，頗具重量的可愛，看上去還愈大愈像我。「陪我玩！別老是看手機。」他在投訴，然後妹妹擁上來，拉我坐到沙發上，展示她繪的畫，我不大清楚她繪出個甚麼，也要裝懂似的欣賞她的作品，用鑑賞家的認真態度，讚她的用色很搭調。「妹妹，你畫些甚麼？好像一頭動物，也像人，是個怪物？是哪個卡通物嗎？」

「不！是爸爸。哈……」

他倆哈哈大笑，我們三人又摟在一起。

飯後，哥哥繼續跟媽媽在書桌上「斯殺」，妹妹跟着我看童話故事書。一直到了晚上十一時許，該睡覺的時間，老婆終於釋放七歲的哥哥。

「想玩甚麼遊戲？」我問。

「玩『耍盲雞』！」哥哥雀躍地提議，妹妹跳到沙發上和議。

最近「耍盲雞」是我們常玩的捉迷藏遊戲，捉人的蒙着眼睛，被捉的尋找地方躲起來。通常，他們都嚷着吵着，要我蒙上黑布條，當一個失明人，然後兩兄妹在家裏找個隱蔽處躲着。說實在的，幾百尺的空間，睡房、廚房、沖涼房，就這些地方，要找他們哪有難度？唯一難度是裝作找不到，他們就會更加開心。但我看看牆上時鐘，距離自我消失尚餘一小時，跟他們多相聚一會，哄他們睡，我便可以安心靜待脫離這段人生的苦海……至於煩不勝煩的老婆，看見她，就只想起一個「煩」字，不知怎的，總覺得她跟背後那幅水泥灰的牆無縫接合，無論色調、質感，都毫無違和感，彷彿她本就來自這一幅牆，最好，她可以乾脆回去原屬她的地方。

仔女又嚷着吵着，哥哥遞給我一條黑布條，開始玩遊戲。「不是要去睡嗎？」我問。老婆卻道：「明天周末，今晚遲點睡沒相干，玩一小時吧！十二點才上床去。」

真的嗎？

真巧啊！

「好吧！不如我們今次反過來玩。好不？」我腦內萌生一條詭計，又道：

「這次，爸爸媽媽躲起來，你們來找！」

「不不不！」哥哥舉手提出意見，像課堂上極乖巧且守禮貌的小學生。

我登時心下一愕，嫌煩的火種輕微點起，忖：「再說不的話，就乾脆發火！趕他們上床睡覺去。翌日起床，我的世界回復平靜……」

這時，妻用力捏住我的肘，明顯給予指示——給點耐性可以嗎？

好！我忍！瞥了瞥牆上的時鐘，心想：「就多忍你半句鐘。」

「不如媽媽、我和妹先躲，爸爸你來找，玩三回。之後才輪到你來躲，我們去找。」哥哥的笑容來自他自覺很有主見，小小童稚年紀，裝大人口吻，妹妹在旁又跳又叫的附和。

「好吧！好吧！那我開始喇！一、二、三……」我一邊綁布帶一邊數唸着，他們立即帶着笑聲四散，找個以為我找不到的地方躲起來。

每一次，他們都會躲到某些角落，房門後、衣櫃裏、飯桌底、沙發邊，有時在書枱下蜷縮身體，像一個小毛球。待我數到三十後，他們都躲得好好了，我便開始尋找，開始假裝找不着。小孩就是這麼簡單，每一次相同的遊戲相同的路線相同的玩法，都可以樂此不疲，好比一些經典的喜劇，無論播放過多少次，看過多少次，明明知道那個笑位就在那段情節，都仍舊忍不住發笑，甚至是期待那個笑位再次出現而預先笑了起來。兩兄妹就是這樣，我每次反覆經過他們躲匿的地方，每次也會假裝沒有發現，每次他們都忍不住「噗滋」一聲笑出聲來，每次我也裝好像聽見甚麼又發現不到甚麼，而結局到最後，他們會很自豪於自己躲得好，爸爸找不到。

我該戳破這天真的童話。我心想。

反正來到了這個第二人生的最後幾十分鐘，當作親子教育的最後一課——教導子女別過分天真，世界不是這樣的，不是躲到哪裏去，就真的可以躲起來，別以為啊！現實是甚麼都躲不過的。除非，你像我一樣，擁有一個神奇法寶，可以轉移人生的菱鏡。

我該戳破這天真的童話。我心想。

我慢慢移到老婆必然躲藏的角落——我們睡房的大衣櫥。

我站在衣櫥的趟門前，她可以從百葉窗式的門隙看見蒙住雙眼的我。

我跟她過了二十年人生，說真的，感情不是沒有，深厚卻不見得。畢竟我一早知道，我跟她都是二十年而已。唯一不知道，或我預計不到的，是我以為會甜蜜幸福二十年，他媽的，是我一廂情願。幾年前，尤其兒子出世之後，再到女兒誕生，我便開始參透我爸爸臨死前跟我說的話——「將來別結婚，愛自己的話，別結婚。」

戀愛和結婚是兩回事，我聽許多朋友說過，在這個第二人生中結交的朋友圈裏，也討論過不下百次。原來，在眾人面前假裝恩愛是很難的。

我蒙上黑布，看見的是內心的自己，聽見的是真正的自己，後悔也沒法子，安慰且持平，點說，這二十年來，有十幾年都算過得開心的，許下的承諾就不用提了，沒有甚麼一生一世，也沒甚麼天長地久，有的都是連場的謊話。我彷彿聽見秒針運行的聲音，渾忘了呆站在衣櫥門前已經好幾分鐘，老婆也不耐煩起來，嘮叨着：「你搞甚麼鬼呀你！不想玩便早點講，站在門前，假裝找不到十幾秒就算，害我躲在裏面那麼久，快悶死我了。」看着她臃腫的身形，穿起不大稱身的睡衣，似一團肉球的滾出睡房，我又惱又怒地跟在她身後，再次瞥見時鐘，尚餘二十分鐘。

兩兄妹仍舊興奮地跑跑跳跳，妹妹摟着媽媽，說我「耍盲雞」的水平太低。「好啊！還有兩次，我們快開始吧！這次，你們要好好躲啊！我一定會找到呢！」

「不是事實便不用說！你用心陪他們玩就是。」當女朋友變成老婆之後，總會成為另一個你討厭的人。我肯定，她也會這樣看我。

其實也沒所謂，十數分鐘之後，大家都和平分手。

我花了五分鐘，毫不留情的一一揪出他們，先成就「耍盲雞」最快歷史紀錄。他們都吵吵嚷嚷的要立即再來一次。老婆怪我「鬥氣」，我卻懶理。

然後再花八分鐘，揪他們出來之後，還跟他們說：「我一直都知道你們躲的地方在哪，哈……」老婆頓時推我一下，怪責我不懂孩子的心理。我回她一記極兇的眼神，道：「要你管？」

十一時五十六分。

我的第二人生進入終極倒數階段。

「這次輪到你們來找我啦！玩一次。」我雙手合十，難掩內心的興奮，笑得很開懷，一副好喜歡跟他們玩的表情，連妻都感到離奇。

「數三十吧！」我替他們逐一綁上黑布條，哥哥、妹妹和老婆，都被我帶到大門旁邊，三人開始慢數。

我飛快地跑進書房，拉開書櫃的抽屜，一面正自發黃光的菱鏡照亮了半個房間。最後一分鐘，他們開始尋找，一步一步，一步一步，走到廚房去找麼？

走到睡房去找麼？還是以為我在沖涼房？

「爸爸一定躲在書房！」我聽見老婆跟孩子道。

二十秒……

嘿嘿……慢慢摸着牆來吧！

我故意關上走廊的燈光，阻止他們走得太快。菱鏡的光在暗黑的書房裏愈見明亮，照透房間之餘，還照到門前的走廊上，五秒……四秒……三秒……兩秒……

我聽見妻子驚慌的一聲大叫！在最後一秒的瞬間，我坐在書枱前，注視門外一個女人，她拉低了掩眼的黑布條，睜眼看着我忽然在一團光之中消失，而她的身邊，有兩個摸着牆前行的孩童。

那刻，我不確定這樣結束是否足夠震撼她，但肯定的是，我竟給自己帶來頃刻間始料不及的歉意。在未發生之前，我一直在想，興奮地想，如果當她們看見，我會跟她們展露一種解脫的笑顏，還可以帶點戲謔性質。

我猜想她是惶恐、不知所措。

我以常理猜想，因為我沒真切地看見。

在僅僅一兩秒間，我反而笑不出來，愣住、半晌，好像有點甚麼還想講……

我該解釋這一塊菱鏡嗎？

好像有點多餘。許多人都知道現實中沒可能有這個掌心大小，有着神奇力量，違反物理世界、自然定律、宗教哲思的一面菱鏡。它，會折射光線，重量大約跟一部手機差不多，在文具店買得到。

我是說一般而言。

一般而言，每個人都有一面菱鏡。我的，剛巧比較有趣和特別。又一般而言，每個人都渴望擁有像我這特別的一塊。

要下決心思想「逃離」這命題。

逃離那種家累的困局，把自己想像成一頭雄獅，本該意氣風發的站在山崖上俯瞰大地和族群，卻滿以為「幸福家庭」是圓滿人生的自我追求，是成功男人的指標。於是我成了一頭自願走進籠裏的野獸，幸福的日子久了，才驚覺組織幸福家庭的想法，只是內心深處的成長缺陷使然，是一個等待填補的蒼白空間，想鬆上一點暖系色彩滿足成長過程中的心理不足。

因此我在「第二人生」的尾聲已着手規劃「第三人生」——單身，是逃離的初步。我要是一個怎樣的人物？在我回到二十歲的那一刻，正好選了大學一年班最後一個上課天。

那是一九九九年十二月。二十歲。我好清楚知道，二〇一九年的我，至少，一定不會重蹈第二人生的覆轍。於是，我選擇跟當時的女朋友分手，第三人生正式開始！

第三人生（上）

倫敦的陰天於我而言有一種非比尋常的美，下午近入夜的時間，暗灰帶藍的天和淺灰的雲朵拼疊出這一座藍調的城市。沿泰晤士河畔漫步，不遠處是倫敦塔橋和議會大樓，像娓娓道來一段一段悠久的歷史。夜霧漸起，街燈漸亮，放眼望去，長長的河畔裏看見了黃色的燈影被薄霧柔化，朦朧的星芒給時下的人看見希望。

我在第三人生裏是一名廣告創作人，是攝影師，也是一位作家。我會繪畫，也會書法，出版的作品也有人不俗的銷量，書迷不算多，名氣薄有，生活愜意。還足足愜意了十九年。「今生無悔了。」我常跟自己說，選擇第二人生是因為不夠了解自己，所以失誤，而第三人生就是自救、是修正，結果亦顯然而見，讓我好好思考一個關於長駐在這段人生的新命題。

駕着開篷小跑沿泰晤士河畔的直路一直駛，打開車頭的霧燈照見前路，逐漸綿密的雨，我拉起了車頂的電篷，把車停泊在附近，逕自撐傘，在河畔漫步，構想着下一本小說作品的主題。放眼望去，是一幅霧裏英倫的西洋畫，泰晤士河自生一種浪漫的淒美，我聽見船的航行，依稀的船影慢慢慢慢，在河面畫上一行灰白的水痕，往鐘樓的方向去，若試用中國水墨的手法來描寫，或許更有新意。在我前面約十數步，一對情侶共用一把深藍的雨傘，分別穿着長長的大褸，灰白色和卡其啡，一高一矮並肩前行。我停下，注視他們漸漸遠去，直到視線最遠的一盞路燈前，將要沒入迷濛夜霧之際，我提起我的「徠卡相機」，咔嚓！黑白灰的主調，朦朧的灰白混和柔黃的燈影，彷彿是倫敦的唯一主色。

主題是：夢裏英倫，有霧。

這是新一期《鏡報》中文版副刊專欄的主題，沒太大難度，反正我亂寫一通，也能獲得頗豐厚的稿費。這是我的夢想，一生追求的工種，以寫作和攝影為生，自居自由撰稿人和所謂作家、業餘旅遊攝影師的身分，在亂世混口飯吃。

忘了說，我早在二〇〇九年，已移居到倫敦來。

許多朋友都讚我有先見之明，只因他們並不知道，純屬我的過去經驗，鑑古知今的「異能」使然。明知母城大限，我豈會坐觀沒落？十五年前，我二十五歲，踏進社會工作，同時為這段第三人生部署，三十歲的時候儲足資本，在歷史必然的軌跡上改變自己的航道。

「你真有遠見！十年前已到這來！一切都落地生根了，接應一下親友也是好的。」一個遠房親友剛到倫敦，我跟他一家人吃過一頓飯，替他們找了合意的房子。

眼下的世局如風雲變幻，一如我料，母城已是一條紙摺的小船，在驚濤駭浪中被掀翻、被沖倒；母城的人又像西方奇幻小說常記載的矮人族，在史前巨獸互相角力之下苟活，除了沒命，就得逃命。我忖：既然自己有能力洞察世事，就幫幫別人吧！況且可以幫的日子不多，都十二月了，我的人生正在倒數，神奇的菱鏡只許我試驗不同的人生，卻不許我留戀某段人生，更不能改變歷史，當中大大小小的事件已像便利貼般，黏貼着順流的時間，人不過在上面畫幾筆而已，最後都會隨時間長河的流逝被沖刷淨盡。

故我不必在意。

不斷重複體驗各面人生，對於必然發生的一切，不用上心，我們不過是一條乾裂的枯枝，早晚都會被踐踏，發出劈哩啪嘞的乍響，所謂的一些價值觀，例如由小到大的「生於斯、長於斯」，顯然不再是理所當然的常識，反而是無謂的堅持。唉！記得那時候，煩人的妻差不多每隔兩天定時發作，嘮嘮叨叨的，討論委曲苟活還是逃離撤走。於我，哪有所謂？明知自己只活到四十，便來個「華麗轉生」，留或逃都不是問題。

那麼……回顧自己的「第一人生」，真真正正的現實人生，面向同樣的歷史，又在想些甚麼？盤算着甚麼？想來有點頭痛暈眩，「第一人生」的記憶啊……嗯……可能在「第二人生」的生活裏，被困窘的家累和壓逼有意無意地磨成了灰白的粉末，放飛到千萬光年之外，說起來竟然消失了印象。

當然我沒忘記世界和社會發生的事，皆因重複和必然的，根本不用牢記，我只是選擇當下，選擇這段人生作出的抉擇，目標清晰，不像眼前泰晤士河岸的夜霧，對岸只餘下朦朧的輪廓。

第三人生（中）

十年前，我住在母城，單身、高薪、專業人士，是「人生賽場」中「單身組別」的勝利人馬。我住的房子擁有永恆的海景，間中，我都會開一瓶白酒，獨倚露台的欄杆，眺望璀璨的海港，放眼盡是霓虹燈影，照見都市的繁華，其中的喧鬧嘈雜，實屬高質生活的憑證，人人都可活出自己，是真正的自由式泳法，有一套協調節奏的基本手腳動作，但快慢、浮沉和呼吸次數都完全自主，游去哪一方亦有醒目的默契，大體上總會游得自在。

然而，由於明知歷史將發生甚麼，也明知自己將在牛活上沒法再游刃有餘，更明知母城的氣候即將步進寒冬，海游快將被禁，只能到長方形的泳池去，要游得自在，很難，身體泡在既定框架的冷水中只會關節結冰，隨時有僵死的可能。

還不部署離開，更待何時？

重複，這是我的經驗，非關預知。

如今這段人生一切安好，還不想就此離去呢！至於今天的母城朋友們如何取態，都是人的選擇而已，至少，人有權選擇自己想活的方式。

「第三人生」是我累積了前兩度的人生，得到最了解自己的體悟，設計出最美好的生活提案。畢竟我是人生勝利組呢！資金充裕，想走就走，前年駕着開篷小跑，穿梭在法南的向日葵田野間，到哪個中世紀小城或哪個酒廠品嘗最優質的葡萄酒，然後隨性的把小跑停在路邊，欣賞夕陽在普羅旺斯的花田上慢慢地燒至餘下紫橙的光邊。

That is my wonderful life!

就是這樣才叫生活。

可惜十年太短，隨時間倒數，我對此地越發留戀。二〇一九年十二月上旬，一個寧靜的夜晚，我獨駕着開篷小跑，來到這河邊散步，思索着下一段「第四人生」，要求哪一種生活。

「泰晤士河是英國著名的『母親河』，發源於英格蘭西南部的科茨沃爾德希爾斯，全長三百四十六公里，貫穿倫敦和沿河的十多座城市，一直以來都是聞名於世的遊點，是悠久的英倫歷史的見證人。在倫敦上游，泰晤士河沿岸有許多名勝之地，諸如伊頓、牛津、亨利和溫莎等。泰晤士河的入海口多是英國的繁忙商船，然而其上游則以靜態之美著稱於世。在英國歷史上，泰晤士河流域佔有舉足輕重的地位，流經之處，都是英國文化的精華所在，緩緩的水波流光裏看得見令人刮目相看的英格蘭文明。那些主要的建築物大多分佈在河的兩岸，上百年歷史，以至三四百年歷史的建築，都是一本又一本厚重的歷史書，如象徵勝利的納爾遜海軍統帥雕像，又如葬下眾多偉人的威斯敏斯特大教堂，又或是文藝復興風格的聖保羅大教堂，見證過英史上黑暗時期的倫敦塔，橋面可以起降的倫敦塔橋等，都是歐洲史上的瑰寶，而泰晤士河恰巧就是一條鑲嵌了這些寶石的領帶，斯文、優雅、品味高尚。」

上面那段文字是我的作品，不論真假，都是讚美。

很多朋友在網路上點讚，讚我的文章，讚我的照片，他們來自遙遠的亞洲，由母城坐飛機到來需要十三小時。

而逃離就是這樣的一回事。

二〇一九年十二月，親友們紛紛離開母城，我卻快將離開「人生」。我依依不捨的想：下一個人生要怎樣活？可以重複嗎？可以延續嗎？身為自由撰稿人的我，依靠出賣文字為生，偏偏無法書寫下一段想要的生活來。

「你有想過來到這裏之後，新的人生怎樣過？」

第三人生（下）

最近，我常常都向來到這邊生活的朋友們請教：離開母城，如離開人生的上半場，那你的下半場想怎樣活？

人是不安於滿足現況太久的生物。

好比一些爬籐類的盆栽，擱在牆邊或陽台，一段日子後，它們便開始蔓生開去，爬滿整幅牆或屋頂。但我此刻，寧願像睡蓮，在深院大宅的一個陶缸裏，水緩緩，我靜靜開。

朋友A、B、C、D、E都各有宏圖，各有打算，好像要把一直拼搏的衝勁帶到這地來。

朋友F、G、H、I、J資本足夠，買了三、四幢房子收租，陪子女讀書，不大想幹勞苦的工作。

朋友K、L、M、N、O沒所謂，逃離就好，甚麼都幹，考了渠務和水電牌照，此後長做長有，不愁生活。

或許我計算清楚，兩星期後，我不會在他們的生活中出現。那我又有何打算？我沒有人生下半場，可我有更傷腦筋的人生新賽場。在我的書桌上攤滿了十數張A3白紙，紙上寫滿各式人生規劃的方案。

「當個地產富商？」

我不想辛苦。

「跨國企業老闆？」

我不一定要成功。

「我喜歡煮食，平時都在自己的英式廚房悠然自得地煮食，拍拍短片上載平台，不如當個名廚吧！」

我怕入行之初的辛勞。

「當個演員？可體驗多種不同的人生。」

可以一試……

「當個醫生？無國界醫生如何？」

我不夠偉大。

「當個教師？有教無類。」

在母城當教師的前景堪虞。

維持現狀不好嗎？既然找到了喜歡的生活，為何要改變呢？

我終於在第三人生找到了想要的，為何又活得那麼短？

回首最初的一段人生，我沒得選。

第二段人生，選錯了。

當下，活着的當下，哪管世界怎個模樣，我已活得自在，可否不要離開？

不如把現在所貪戀的生活寫進「第四人生」吧！

唔……那我便要由二十歲開始從頭來過？先苦捱十年，才有往後十年的成果，我可不想呢！

沖調了的黑咖啡在深夜的唏噓中慢慢冷下來，我摸着荎鏡，想起了童話故事《白雪公主》中的魔鏡，惡毒皇后的提問，出於心理上的欺騙和自慰，如果魔鏡沒有給她一個滿意的答案，後果可想而知。那我這一塊菱鏡又如何？「菱鏡啊菱鏡？我可以繼續留在這段人間嗎？」

「菱鏡啊菱鏡？我可以繼續留在這段人間嗎？」

「菱鏡啊菱鏡？我可以繼續留在這段人間嗎？」

「菱鏡啊菱鏡？我可以繼續留在這段人間嗎？」

我由輕撫開始，愈問便愈發力，用捏的，緊緊地。這種力度根本源自一種極度想得到滿足的慾望，像握住手中的彩票，看着電視的開彩節目，口中唸唸有詞，迷信於唸咒的力量，以為念力夠強就會成真。對！我化身成了惡毒的皇后，竟把菱鏡捏出了一道兩吋長的裂紋！

翌日早上，放晴的天色藍得份外明淨。我被穿透白紗的晨光照醒，外頭有幾隻似烏鴉的黑鳥在電線杆上叫，我揉揉眼睛，坐起身來，看看凌亂的自己，昨晚不知苦惱了多久，捱不過去便爬上床睡。我伸個懶腰，打個哈欠，再看看窗外的風景，今天的天氣真好，該到公園走走。或許先跑一會兒步，再吃午餐。今天約了女友到劍橋探望她的父母，不如帶一瓶法國南部名廠出品的紅酒，再買幾塊牛扒，顯顯身手。梳洗後，我穿上運動鞋，走到書桌前，昨晚的黑咖啡餘漬深印在杯底，給我捏出一道裂紋的菱鏡安好地靜置一旁。

倏忽間，我對它竟生起歉疚。

看着它，記起昨晚的躁動不安，牆上的日曆明確告訴我，十多天後，再見。

控制時間，令它靜止，是一種行為藝術，除了超級英雄漫畫外，現實中有誰做到？我摸着它的裂紋，把它收在手心，以一種道歉的姿態修補彼此的關係，奢想：可以教我靜止時間的秘訣嗎？

它沒有回應，好像失了原有的光彩。

我又奢想：它暗啞了，是壞了嗎？如果壞了，我會怎樣呢？永遠住在這段人生嗎？那多好啊！

對街的一幢新蓋的房子終於有人買下，今天是他們搬進來住的日子。我放下了菱鏡，鎖好了門，推開花園的墨綠色鍛鐵花閘，跟搬運工人禮貌地打個招呼，點頭微笑，便開步慢跑，朝排屋旁邊的小河跑去。突然！我身後傳來了小孩的笑聲，立時止住我的步伐，心底自生一股寒意直衝上腦門，我回頭看，兩個小孩在搬運車旁邊跑出來，笑着追着叫着打着——我認得出，不知何故，我認得出，這兩個小孩，一男一女的聲音。

我慣常緩步跑的路線是屋群後的人工小河，河道微彎，兩旁開着黃黃紫紫的小牽牛花，河道的盡頭是賞望夕陽的佳處，每次跑到那邊，總勾起我對自由生活的嚮往，胸中的呼吸舒暢無比，有一種海游的氣息。去年我在葡萄牙的海邊小鎮，租住了一艘遊艇，整個月下來，寫作、看書、觀星、品酒，跟女友沿海岸線走，漫步最浪漫美好的日子。

後來我還是主動提出分手，始終喜歡單身的自在。

雖然，不知何故，有些記憶的碎片有時發作，有意無意間想起了第二人生的家庭片段。但我是樂觀族，那是虛幻不實在的，那段人生不過是我的一場實驗。而實驗的結果明顯失敗。

我沒理會那兩個小孩的聲音，沒再回頭看，只看前方，一直跑去，跑到盡處，正值早上十一時許，距離看夕陽還有一段時間。這時電話傳來女友的信息，她是兩個月前認識的韓國人，移民到這邊都四年了，最近父母搬過來住，我殷勤地幫忙打點。她人很好，孝順而且溫柔，是一百分的女孩。她傳來的信息很簡單：「今晚伯父都來晚飯。」

錯了！伯父都來吃晚飯的信息很不簡單。我一邊慢跑回家，一邊在想，想像一根芒刺——伯父。聽她說過，伯父是她家中地位舉足輕重的一號人物，兄弟姊妹的姻親都要經他過目檢驗，如果得他同意，日後一切好辦。但我不想好辦啊！我不想被檢驗。

「被視作結婚對象的，就要經伯父一關啊！」女友曾經說。

我清楚記得，在設定第三人生的時候，寫上不會成家立室的意向，談戀愛，享受戀愛的自由和甜蜜，不結婚，是出於好意，無謂拖累別人。我跟她僅僅拍拖兩個月而已，太急進了吧！況且，這是怎樣的時代？結婚要經長輩驗貨？

應該是菱鏡的裂紋吧！

我揣測，昨晚惹出了禍。

對街的鄰居仍在搬這搬那，我沒太在意，也不想在意。那兩個小孩是湊巧而已。我眼前首要做的，就是搞清問題所在，到底我設定的第三人生為何出了亂子？一張又一張A3人生計劃書覆蓋着菱鏡，我把所有紙張推到地上去，桌面上只剩下它——出現裂紋的菱鏡。我跟它對峙着。

那刻，我進入一種被掏空的狀態，飄浮因為心虛，從前透現光彩的菱鏡，如今暗啞無光，只得那一道裂紋發放微微閃爍的弱光，如一個虛弱的老人奄奄一息。如果可以的話，我想幫它進行心外壓。

陽光明媚的英倫早上，近中午時分，我這段美好的第三人生結束——菱鏡完全失光，兩吋裂紋像割傷後結焦的乾疤，我撫摸着，思索接下去將發生的事，將要應對的方案，包括今晚跟伯父見面，然後要跟女友坦白個人對婚姻的意向，盡量溫和、真誠。忽然！門鐘響起。

我放下失光的菱鏡，走到大門前，不安的感覺宛如鉛塊，每走一步，重力加增，不好的兆頭源自大門之外，經門上的防盜眼穿進來。

一看！我立時僵直呆立。

再看！我感到渾身麻痺，蟻咬全身，邊跌邊退五、六步。

門外正站着第二人生的自己和妻子，還有兩個拖着滑板車的仔女，一家四口展現同一個可親的笑容。自己還在門外道：「您好！我們剛移居到來！打個招呼而已。Hello！」

第一人生

這年頭，世道人心以色區分。過去幾十年，許多前輩文人的論述都以母城的根、母城的方向為中心。我在這地方住了四十年，曾經歷最好的時代，而現在經歷的，可能是最壞或未到最壞的時代。

許多人面對眼前的紛擾亂局感到絕望，看看自己，也看看自己的孩子，想到的就是「逃」。我的親朋戚友們都移居到外地去，情況如東非動物大遷徙，若從高處下望，人群成千上萬，直如螻蟻的行列，在城市的闊路和窄巷間向同一個方向行進，有些領頭，有些隨後，有些盲從，有些亂衝。然而這座城市，即便燈光依然璀璨，模糊就是模糊，失真就是失真。大學畢業以後，投身多姿多彩的廣告行業，一晃眼已接近二十年。有天，跟朋友為了爭取權益而遊行，直到晚上，及後連續幾天、幾晚，短短一兩星期時局大變，撕裂和衝突無日無之，我在同時期失業，自然失意。

前天跟舊同學聚會，送別移民的友人，除了説笑和談舊事之外，就只聽見城市吵吵嚷嚷的爭執。眼前的社會不斷因爭拗引發虛弱的嗆咳，坐車的時候也記得要選擇坐在逃生門附近。

「住在這地，已注定了無法自主自己的人生。」朋友慨嘆。

「我失業了一個月，有時候都挺懷念過往的日子，當廣告這行，搞創作，即使天昏地暗，也有機會創作自己的作品。日後呢？唉！我的人生，跟這個無異。」我拿起一片黑色的啤酒杯墊。

「你算不錯啦！已經不愁生活。」朋友搭住我的肩頭，道：「能走的話，走啦！兄弟！」

「可以去哪？住哪？」我聳肩，無奈地笑。

「你想住哪，得看你想擁有怎樣的生活吧！」朋友給我看一張與家人在法國南部的旅行照，前年他駕着開篷小跑，一家四口穿梭在向日葵田野間，到一個中世紀小城或一間酒廠品嘗最優質的葡萄酒，然後隨性的把小跑車停在路邊，拍下一幀普羅旺斯的夕陽，在花田的盡處，燒燃一道紫橙色霞光，和兩個孩子的趣致剪影。

「為自己，要懂享受，你看？三條街外，除了亂，還有甚麼？別管那麼多了。人不為己呢！有錢，住哪都比這裏好！」

隨後幾天，我百無聊賴，關掉電視機，不看任何社交平台和視頻，唯一勾在心頭的就是那句話：「你想住哪，得看你想擁有怎樣的生活吧！」

單身的我，也會跟朋友的幸福家庭相比……

「阿伯！你這塊菱鏡原來有故事的。」

這是一個比較不動盪的日子，前天幾所大學成了戰場，我住得較近的那一所，烽煙嗆鼻，只好駕車逃到偏遠的郊外小村。有趣的是，這條村猶如不問世事的隱逸老者，外頭紛亂，這裏平和，市集仍舊熱熱鬧鬧，像個與世隔絕的時空。

我漫遊，閒逛，看見一家大小出遊，附近的農場還供遊人燒烤和參觀。在我眼前，好像有一塊課室黑板大小的相框，鑲上一張張親子生活照。

市集裏的地攤都賣特色的手作製品，有船木製作的枱椅，也有復古工藝品和懷舊小玩意。我在其中一個地攤蹲下來，一地都是懷舊打火機、卡牌、卡式盒帶、CD、舊畫報、漫畫、銅幣、歐式人偶、中式刀劍、印度或尼泊爾的絲品、小手作。一個七旬老伯是檔主，賣的東西就這樣雜，他說是拾回來，或有人捐過來。

我被一個寶藍色長形盒子吸引，盒面是一行銀色的經文，明顯是復古仿製品，像那些盜墓電影的寶物。打開一看，是一面黃水晶菱鏡，光彩奪目。

「五十。」老伯攤開手掌，示意五十元。

我有意買下，仔細端詳，雖假亦真，老伯故作高深：「這非凡物，你看得懂經文？」

「阿伯，《盜墓者》第三集都有出現過類似的，道具就別當真。」我不屑一笑。

但老伯揚起白眉，一張恃老賣老的表情，續道：「這是關於『住』的人生哲學呀！後生仔！」

「我不後生了！」我道。

「比我年輕的就是後生仔啦！」老伯指住這個藍絨長盒，道：「上面寫着『不應住色生心，不應住聲香味觸法生心，應無所住而生其心。』出自《金剛經》，你懂嗎？不住即住，住即不住。你懂麼？」老伯問。

「啊……知！『色即是空，空即是色』那一類吧！」我含含混混地敷衍。

老伯續道：「這是一面神奇的菱鏡，讓人經歷想要的人生，每一次運轉和許願，便可返回二十年前重新開始，是體驗人間色相的把戲，不是好東西，當作仿古擺設，閒時警惕自己就好。」

「阿伯！你這塊菱鏡原來有故事的。」我道：「你信佛？世人總會貪，你也貪我這五十元啊！」

老伯只笑不語，我一再端詳菱鏡，道：「那我該要好好寫一份人生計劃書，規劃一下如果重返二十年前，我該要怎樣的生活。哈……真的這樣神奇？」

「信則有，不信則無。」老伯又攤開手掌：「幫幫我這老頭，五十元夠我買兩盒飯。」

「哈……嚇死我了！許個願就有美好人生？」我半信半疑，但美好人生是一個非常誘惑的命題，人總像蜂蝶也像蟲蟻，怎敵得過一切的甜食？

「知足就好！有時又想這樣活，又想那樣過，很苦。」老伯：「你現在過得不好嗎？」

「好嗎？這裏如斯田地，還可住嗎？」我想起即將移居的老友。

老伯沒再回應，看他的表情，像說：哪裏都一樣。

我打趣道：「那我今晚試試，哈……」

「是紅塵的話，其實住哪裏都一樣，過怎樣的人生都沒兩樣！執着就是住，住就會受困，這菱鏡會困住人的。」老伯一再借用傳說來挑釁我的好奇。

對於上了年紀的長者，我的印象是，長氣、愛吹噓，也愛說故事。我索性買下它，回家後，好奇之下許了個願。

第三人生

門鐘響了三次，我全身上下動彈不得，不敢應門，門外的一家四口待了一會，見無動靜便離開。良久，我慢慢爬到書房，勉力地扶着木椅，撐起自己，好不辛苦才坐定，枱面上的菱鏡已是一塊暗啞的石頭。

「是那道裂紋所至嗎？我昨晚捏得太緊？我想留住第三人生有甚麼不對？」

一地都是我摒棄的「第四人生」計劃書。我確實後悔。如果不是我捏緊不放，菱鏡便不會失光，起碼兩星期後，有下一段人生可過，現在呢？兩星期後會如何？我會繼續生活？會死？會重回第一人生嗎？

如果可以繼續生活下去，直到老死也無妨啊！大不了搬走，搬到巴黎也行。

但若不是這樣，又會怎樣？

我的生活我的美酒我的遊艇我的開篷小跑我的事業我的成就我的人生……

小攤

星期天的近郊市集如常熱鬧，各式地攤多姿多采，其中一個地攤上一個七旬老伯，招呼着一個牽住小男孩的中年大叔。大叔正拿起一個藍色絲絨長盒子，端詳裏面一塊黃水晶菱鏡，苦思老伯一道問題：「不住即住，住即不住。你懂麼？」

大叔沒回答，也不懂回答，搔着稀薄的短髮，着迷地端詳着菱鏡的其中一面，發現結晶紋路很特別，仔細看，像一張男人的臉。老伯攤開手，伸過去要錢，微微一笑，道：「這個五十元！買回去當擺設都抵呀！但別隨便許願呢！」

身邊的小男孩沒甚耐性，很煩，猛拉住男人的手臂，吵嚷着：「爸爸，你怎麼不理我，又說帶我去玩！快走吧！」

後記

花了三年時間完成這部短篇小說集。由二〇一九年開始埋首創作，當時正值香港的社會運動，然後是全球的世紀疫症，一直到了二〇二一年終於完成八篇作品，期間因時局關係，整個人經常躁動不安，幸好懂得寫故事來療癒自己，寫故事來為時代發聲。這八篇故事都以奇幻的手法呈現荒謬的現實，在思考書名的時候還想了好幾個，例如《荒謬日常》、《車！有幾出奇！》、《荒誕人間》等。最後，大家都知道了，定名為——《魑魅人間》。

書寫成了，得邀請朋友寫序。但我向來有兩個邀約原則，一是邀請我非常敬重的前輩，二是陪伴我的文字成長的文友。不用五分鐘，我已想起了三位最佳人選。

第一個想起要邀約的是吳美筠博士，雖跟她認識的日子不長，但每次見面都暢快淋漓地談文學、談藝術創作，她還鼓勵我多寫籃球小說外的其他作品，常說：「給我看看另一面的殷培基作品吧！」在我眼中，她是一位豪爽、俠義的女俠，單看她獨力出版《珍珠奶茶》，目的只為中學生打開文學評論、文學創作之門，當中過程之艱鉅，實不足為外人道，但美筠老師說到做到，叫我深深拜服。因此，美筠老師既是我敬佩的前輩，又是經常鼓勵我改變「戲路」的指導者，當下怎能不給她品評一下？記得她說：「我不會手下留情。」我說：「所以你是不二首選！」她說：「你對我的序有甚麼期望？」我說：「期望你找到另一個殷培基出來。」

第二位是吳思鋒先生，是在台灣的文友，一位編劇、導演、劇評集於一身的才子。遙想二十年前，我和好友赴台參加一個文藝創作活動，在活動上結識了他，自此無所不談，文學、電影、籃球話題不絕，還一起在街場打個痛快，一起在文學創作上交換欣賞，他寫詩，也寫劇，那時候，大家透過BLOG作交流平台，欣賞彼此的「不成熟製作」，後來他偶爾會到澳門藝術節參與活動、發表演説，順道便過來香港，相約見面，又是聊個不停，最重要的是，他是我在文學創作的路上，其中寥寥可數的陪伴者之一，不找他寫序，找誰？

第三位是陳寶珍老師，可惜我沒她的聯絡。然而我仍希望有天能親手送這一本作品給她。書中有一篇是舊作（〈電話錄音殺人事件〉），那是她給我的小説創作功課，也是我首次在她手上得到A的功課。及後她鼓勵我以此參加文學比賽，竟又讓我得到了首個文學比賽的冠軍。雖然那個文學獎並非甚麼大賽獎項，但對於一個想踏上寫作路的青年人來説，實在意義非凡。有時候跟一眾文友聊起，原來大家都上過陳老師的課，印象非常深刻。至於我啊……跟她結緣甚深，我不但修讀過她的「小説創作」和「現當代詩專題研究」，到了大三那年，她也是我的畢業論文導師，故我由大二到大三的大部分時間，都是跟着她，隨她學習，獲益良多。今天，我想跟她説聲「謝謝老師」，學生好想送你一本，讓你存念、斧正。

相對於序，我較少寫後記。想了好幾天，這篇後記要寫甚麼呢？各個短篇的創作源起？那麼用來寫讀書報告的學生便可以抄錄了事，不對。不如，就寫寫我邀請寫序的朋友，藉以答謝他們，也喚起我們彼此之間，在文學創作的路上結下了的不解友緣。

殷培基

二〇二二年二月二日

責任編輯：羅國洪
封面設計：Alan Wong

書　　名：魑魅人間
作　　者：殷培基
出　　版：匯智出版有限公司
香港九龍尖沙咀赫德道二A
首邦行八樓八〇三室
電話：二三九〇〇六〇五
傳真：二一四二三一六一
網址：http://www.ip.com.hk
發　　行：聯合新零售（香港）有限公司
香港新界荃灣德士古道二二〇至
二四八號荃灣工業中心十六樓
電話：二一五〇二一〇〇
傳真：二四〇七三〇六二
印　　刷：陽光（彩美）印刷有限公司
版　　次：二〇二二年七月初版
國際書號：978-988-76155-8-3

香港藝術發展局
Hong Kong Arts Development Council 資助

香港藝術發展局全力支持藝術表達自由，本計劃
內容並不反映本局意見。